Carlos Montenegro

El renuevo y otros cuentos

Barcelona 2024
Linkgua-ediciones.com

Créditos

Título original: El renuevo y otros cuentos.

© 2024, Red ediciones S.L.

e-mail: info@linkgua.com

Diseño de cubierta: Michel Mallard.

ISBN tapa dura: 978-84-1126-162-3.
ISBN rústica ilustrada: 978-84-9953-031-4.
ISBN ebook: 978-84-9953-032-1.

Sumario

Brevísima presentación

La vida

Carlos Montenegro (Galicia, 1900-Miami, 1981) Cuba.

Fue comunista militante y corresponsal en la guerra civil española. Durante su estancia en la cárcel, se dio a conocer como cuentista con El renuevo, recogido en El renuevo y otros cuentos (1929). Ya en libertad, publicó la colección de cuentos Dos barcos (1934). Su mejor obra es la novela Hombres sin mujer (1938), documento duramente realista sobre la tragedia sexual de los presidiarios en Cuba. Al triunfar la revolución de 1959, abandonó la isla, adonde ya no regresó.

La huella del cacique

No voy a hablar de aquí ni de allá, sino de un sitio de donde no es nadie de los que viven por aquí, entre nosotros; de un sitio que nadie conoce, aunque a mí me han hablado mucho de él y de la gente que lo habitaba, dueños de corazones que no sabían asustarse y con ojos que no conocían horizontes limitados a no ser por los bosques y el mar.

Entre el bosque de olivos y el pueblo de estos hombres solo cruzaba el río, y hacia el mar, entre las casas y los acantilados lejanísimos, la playa inmensa se demoraba con sus arenales cubiertos de barcas varadas o ya en el agua, a flote con las velas tendidas al Sol para que se secaran como ropa recién lavada.

Más lejos: dos, tres, cuatro y hasta cinco veces hasta seis barcos de cruz: bricbarcas, fragatas, bergantines de innumerables velas, de gran porte, y que no obstante lucían perdidos en la inmensidad de la bahía limitada, allá en el horizonte, por la sombra de otra costa.

De este pueblo voy a hablar; del desconocido, del bello, del dormido al pie de las campiñas de Arosa.

Del bosque llegaba el olor maravilloso de la savia que escapada de la corteza de los árboles se quemaba, invisible, al Sol; del mar, el olor salino a veces mezclado con el de los remansos del río cercado de mimbres.

Era la Puebla, en la ría de Arosa, donde el mar y el río se entremezclan como los amantes en el lecho, según los flujos y reflujos que impone la Luna, la cual hace por las tardes crecer la marea hasta que el mar rodea las casas y se une al río.

Allí nació don Fadrique, que fue su cacique; un cacique todo entero, sin honor y con honor, es decir, con honor siempre según su criterio, pero los demás opinaban muchas cosas.

Aunque era de Arosa, de la Puebla, le decían *o cubano*, y a sus hijos: *os fillos d'o cubano*. Y casi todos los hijos de la comarca lo eran de él. Cuando nacían les daba a las madres un costal de harina, y además, si eran solteras, un marido, y al marido trabajo, bien en sus barcos, bien en su fábrica de salazones..., y después no volvía a saber de ellos sino en casos de enfermedad grave o naufragio, pero al parecer, sin considerarlos como a hijos, más bien como a súbditos, aunque era ley en el pueblo que el único que tenía legítimo y ya entrado en la adolescencia, le había robado el corazón.

Al cacique todos le decían *don*, lo de *o cubano* eran comentarios a sus espaldas, y ese apodo es lo que le ha quedado, además de historias de él que parecen leyendas. Y se dice que en las rompientes del cabo Finisterre hay mil barcos suyos en esqueletos y miles de almas de ahogados, pues su gente nunca podía alegar el mal tiempo para no salir a la mar, ni aun en la época de veda cuando sin vientos propicios se le hacía imposible huir del cañonero. Y hay quien cuenta que él también se ahogó en Finisterre, y que los marineros más viejos, al cruzar el cabo, se encomiendan a don Fadrique, el cual sabía más de la mar que todos ellos, sin haber nunca patroneado embarcación.

Y muchas cosas más se dicen que no voy a referir ahora, sino la última, la única en realidad que ha dejado huella, que no puede ser borrado o aunque lo sea vuelve a salir y perpetúa su memoria no se sabe si como gran pecador poseído por el diablo o como hombre sabio.

A su legítima esposa le decían la Rusa en el pueblo en recuerdo de otra mujer de la familia, ya desaparecida, que había sido muy desdichada, y cuya historia fue puesta en libro y en boca de las gentes leídas de la región por un escritor famoso de España que dicen que tiene largas barbas ralas y además es manco de un brazo...

A la Rusa nadie la vio bien hasta el día que bautizaron con su nombre a la polacra más hermosa y marinera que navegó por todos aquellos mares, y de la que se decía, con admiración, que había sido construida en astilleros ingleses.

Realmente la polacra lucía como pudiera lucir una extranjera entre las mujeres de la región, como entre dichas mujeres lucía la propia Rusa, que había nacido en una isla del Caribe.

La polacra era el barco de más andar de la ría. El día que llegó dejó atrás al «Rápido» antes de llegar al centro de la bahía cuando éste le llevaba de ventaja, al salir del canal de la rada, más de quinientas brazas.

Todo el pueblo se había reunido en la playa alrededor de don Fadrique y de su rival el señor Villoch, armador, el único que se permitía el lujo de saludar secamente al cacique y de discutirle con ventaja, a través de los años, el récord de velocidad de los barcos de pesca.

Un cuarto de hora antes nadie habría presentido aquella competencia. Era norma que si coincidían en la llegada dos barcos a la entrada de la bahía el primero que pasaba esperaba al otro paireando con el propósito de hacer regatas hasta el fondeadero; el único barco que no esperaba ni era esperado era el «Rápido», pues con él la competencia era imposible; y así, cuando se le vio salir al canal, los pescadores alzaron los hombros y siguieron unos cosiendo las redes y los otros seleccionando sardinas para la fábrica, a pesar de que por sobre las rompientes del canal se alcanzaba a ver las velas de otro barco.

Pasó una moza cargada con un cesto, y mirando para un pescador que varaba en la arena su falúa le cantó:

Teño un amor na montaña,

teño un amor montañés,
teño un amor na montaña,
na ribeira teño tres...

El pescador, entre risas de todos, le tiró con una merluza que cogió de la falúa y le contestó:

Eres a sota de bastos
ben se te pode chamar,
eres fácil de querer
moito mais en olvidar...

La llegada de don Fadrique acabó con las risas. Ya se decía en el pueblo que esperaba un buen barco, pero a pesar de los rumores, tampoco se creía que en esta ocasión el señor Villoch sería vencido. Ya el «Rápido» había adelantado unas quinientas brazas cuando la polacra que le seguía remontando el canal enfiló la proa hacia él y comenzó la caza.

A aquella distancia solo los viejos entendidos podían precisar algo. Pero de pronto comenzó a llenarse la playa: ¡La polacra acortaba la distancia! Llegó el señor Villoch yéndose a colocar cerca de su rival, pero haciendo como que no lo veía...

Precisamente los dos barcos tenían viento de largo con el cual el «Rápido» había vencido hasta a los cañoneros de la comandancia. Pero ahora —y la gente se arremolinaba rumorosa— cada vez era más corta la distancia entre el «Rápido» y su perseguidor. Entonces se vio al primero escorarse pronunciadamente sobre la banda de sotavento como si las escotas hubieran ceñido las botavaras de las velas hasta el tope, pero a pesar del aumento de la velocidad la distancia continuó desapareciendo. Don Fadrique miró con el rabillo de los ojos al señor Villoch; éste lo notó y dijo por lo bajo, como hablando consigo mismo:

—Buen yate de recreo.

—Polacra de pesca —arguyó don Fadrique con desafío en la mirada.

En aquel instante la polacra le cruzaba por la banda de estribor al «Rápido», cuyas velas privadas de viento flamearon haciéndole detener la marcha.

Un grito múltiple se alzó en la playa. Hasta aquel instante ni los más entendidos tenían por cierta la derrota; se pensaba en una estratagema, en algo; era una fama de años la que se caía; y el «Rápido» no solo había sido vencido, sino humillado. Allí estaba ahora, a cien brazas del fondeadero, fuera de aire y de compás, como un borracho.

El señor Villoch, pálido, volvió a hablar entre el clamor de mil gritos:

—Una cosa es en la ría; otra muy distinta será en el Finisterre.

—Hay mal tiempo anunciado. Si el «Rápido» tiene un poco de hígado en sus cuadernas y quiere ver lo que es un barco marinero, la «Rusa» sale mañana a capear el temporal.

—Al «Rápido» le sobran hígados, pero a Villoch conciencia para mandar a sus hombres al matadero; si don Fadrique tuviera que pilotear a la «Rusa» no dejaría mañana la rada.

Hablaba un poco ronco por la derrota y por los gritos que la proclamaban.

—La «Rusa» saldrá mañana. Don Fadrique no podrá salir, pero su hijo irá a bordo; para la «Rusa» no existe Finisterre...

—¿Qué hijo? Creo que todos los que vienen a bordo lo son...

—Esos son hijos de sus madres, Villoch; hablo de mi hijo, del único...

—Sabía que don Fadrique era mal patrón; ahora sé que es mal padre...

—¡Villoch...!

El cacique, próximo a estallar, se contuvo; la victoria y el entusiasmo del pueblo le tenían jubiloso el corazón; irónicamente dijo:

—...Don Fadrique sabe lo que es un barco —y volviéndose a sus hombres gritó:

—Oye, dile al alcalde que abandere el Ayuntamiento. ¡La «Rusa» es la dueña de la velocidad en toda la ría de Arosa...!

El siguiente fue el día que se vio bien a la esposa de don Fadrique, que salió a bautizar con su nombre a la polacra. Se apoyaba en el brazo del cacique llevando de la mano a su hijo, que iba bien regocijado. En toda la ceremonia la Rusa no dejó de sonreír, pero era la suya una sonrisa tan leve y tan sufrida que el pueblo solo le respondió con silencio.

Al subir la marea, la polacra, con el hijo de don Fadrique a bordo, salió a coincidir con la tempestad donde la tempestad era más terrible. Los marineros viejos movieron las cabezas, pero al encontrarse con don Fadrique se descubrían humildemente y asentían con sonrisas.

Aquella noche en la taberna se dijo que el cacique no había abandonado la playa; que les pidió a varios patrones su opinión sobre la arboladura alta de su nuevo barco y, también, que detrás de los cristales de su casa, empañados por el brisote que empezaba a correr, se distinguía el rostro de la Rusa que miraba constantemente hacia el mar. Don Fadrique, desde que supo el naufragio hasta que llegó la trainera que conducía a los supervivientes, encaneció; encaneció y se encorvó sin abandonar la playa, sin comer, sin quejarse, sin que nadie pudiera hablarle.

Según la comandancia de Marina, su hijo y tres marineros habían perecido; el patrón y tres marineros se habían salvado. A éstos esperaba él para saber, o para castigarse sabiendo, la muerte de su hijo por boca de testigos. Quizás no esperaba nada, se estaba allí como en la fosa, pudriéndose.

Cuando el patrón de la «Rusa» se detuvo delante de él no lo reconoció; la muerte que acababa de entrever era menos imponente que aquel hombre que lo miraba sin hablarle, sin verle, sin darle atención alguna. Él dijo:

—Patrón...

Pero se asustó viéndolo estremecer. Después volvió a hablar con su lenguaje medio nativo, la voz ronca, peculiar, de los hombres que viven dentro de los elementos y luchan con la muerte a su lado:

—Patrón... fachamos cun todo o aparejo... cando entre as espumas, a unas carenta brazas por a proa divisamos as rompentes... A «Rusa» abatía moito; a forza d'o vento e o brusco da maniobra fizo quebrarse el mastilerillo da proa y la escandalosa vínose abaijo, sa coberta, pero detuvimos a marcha e pusímonos a la capa; os golpeis da mar rompean por barlovento y talmente quebrábannos as amuras de estribor, adimáis perdíamos máis y máis terreno en camiño d'os arrecifeis.

El patrón de la «Rusa» calló unos instantes como esperando una pregunta. Después, viendo a don Fadrique rayando la arena con su bastón, continuó, tragando en seco:

—Facíase necesario correr o temporal mar afoira, salir d'capa para o cual tenníamos que correr o riesgo de coger a mar da través, mais ser crozado por o vento que podía lanzar o barco sobre sotavento, estrellándonos sin valernos a virgen.

Volvió a callar mientras don Fadrique, al parecer maquinalmente, hacía en la arena húmeda la gráfica de las maniobras que el patrón le describía. Este bajó la vista y vio maravillado todas aquellas rayas; allí las rompientes, allí la

«Rusa» cuando detuvo la marcha, cuando paireó, cuando se puso a la capa, cuando intentó marear de nuevo para correr el temporal.

Mientras callaba asombrado, don Fadrique, como si hubiera ido a bordo y presenciado el naufragio, se anticipó al relato y continuó la gráfica.

—No lograste orzar por la escandalosa caída —dijo con un hilo de voz—; la «Rusa» era buena marinera...

El patrón no hablaba; miraba lleno de terror la contera del bastón que le hacía a él su propia historia.

Y el bastón continuó marcando el abatimiento de la polacra ya a la deriva, sin control.

El patrón abrió desmesuradamente los ojos cuando la cantera se hundió con violencia en la arena marcando el lugar donde precisamente la polacra zozobró.

No obstante, cuando don Fadrique alzó su cabeza, la mirada era interrogante:

—¿Murió bien?

—Morreu ben; era fillo suyo y da patrona... Os arrecifes rompéronle a frente...

Y allá, en la ría de Arosa, no se volvió a ver o cubano. De la Rusa dicen que se la vio durante mucho tiempo tras los cristales de la casa, mirando hacia el mar, que aún hoy no ha podido borrar de la arena la gráfica que del naufragio hizo el bastón de don Fadrique...

El cordero

A pesar de los años transcurridos y de los múltiples sucesos que me han ocurrido en estos años, no he logrado olvidar el fin de aquel cordero que, siendo yo niño aún, me regaló mi padre. No lo he olvidado ni lo podré olvidar jamás.

Muchos hechos de aquella época se han borrado de mi mente; muchos, casi todos; los que no, se han ido opacando; mejor dicho, desfigurándose, cobrando sabor a leyenda.

A ello contribuye, más que el tiempo transcurrido y, quizás, más que mi poca edad de entonces, el alejamiento del lugar donde estas cosas de que quiero hablar acontecieron.

Fue en mi país natal, que a veces evoco con una tristeza enfermiza que es dulzura, *saudade*; y otras con un dolor agrio, inquinoso; con una malquerencia que, probablemente, hallarán injustificada los que ignoren que allí sufrí mucho, que en aquel ambiente escaso y gris se fue mi alma haciendo al egoísmo, a un odio concentrado contra todos.

Tenía que haber mucha gente buena, mucha gente triste, pero yo nunca di con ella; solo vi gente sórdida, baja; gente que si hacía un bien exigía inmediatamente la reciprocidad, como si se tratase de mercaderías.

En aquel pueblecito mío, tan bello por su paisaje lleno de una tristeza vaga, la población se dividía en dos clases: blasfemos y místicos. Había dos templos, la iglesia y la taberna, a cual de los dos más sombrío.

Allí Dios y el diablo tenían sus atribuciones fijas, marcadas. Jesucristo no salía a la calle nada más que en procesión; el diablo era más demócrata: todos los días al morir la tarde pasaba por la puerta de la casa representado en una bruja tuerta y coja que decía la buenaventura y echaba el mal de ojo. Las muchachas casaderas la halagaban con regalos y la escuchaban a escondidas de sus abuelas, sus enemigas mortales, tal vez por el parecido físico. El cura también la odiaba y siempre que podía le azuzaba los mozos para que la manteasen.

Todo esto al reflejarse en mi espíritu me iba haciendo malo, egoísta. Me mataron la alegría a fuerza de echarme pimienta en la boca por decir malas palabras, es decir, palabras que juzgaba mala una tía loca y beata que me cuidaba desde la muerte de mi madre.

Se llamaba Josefa; doña Josefina para los extraños, y para los de la casa tía Pepiña; era hermana de mi padre.

La tía Pepiña rezaba el rosario constantemente, y de vez en cuando me daba castañas o pellizcos, según tuviese el humor. Era una enferma cuya energía solo deponía ante el cura —padre Antón—, y que culminaba, simbólicamente, en el moño erecto sobre la frente.

Sus labios, siempre encogidos, semejaban el culo de una gallina; era delgadita, hábil, y hablaba con mucha rapidez, costumbre adquirida, probablemente, en el rezo constante.

Recuerdo que mi pobre mamá le tenía miedo. A mí un día por poco me mata porque le dije:

—Tía Pepiña, ¿por qué usted no se mete a bruja, para decir la buenaventura?

Yo creo que papá la consentía mucho porque hacía unas sopas de ajo que le gustaban en extremo. La versión de las criadas era que le había dado a beber un menjurje compuesto con las uñas molidas de un gato negro y viejo que nunca salía de su habitación. ¿Quién sabe?

(¡Ay, tía Pepiña, si algún día voy por mi pueblo rogaré que te desentierren para ver si usabas el moño en la frente en tu necesidad de ocultar los cuernos!)

En casa me medían el cariño por mis adelantos en la escuela, de la misma forma que el maestro propinaba los palmetazos a medida de mis desaciertos.

¡Qué bien me acuerdo de aquel maestro! Era un aldeano rudo, de unas manazas enormes. Su verdadero oficio no consistía en enseñar, sino en castigar al que no sabía; se deleitaba haciéndolo.

Tenía unas disciplinas monstruosas, que todos los chicos suponíamos con plomos en las puntas, con las que nos golpeaba las nalgas a la menor causa.

Yo en las cuentas salía bien librado, pero a la hora de decir el catecismo de memoria, me perdía; el miedo me hacía olvidar la lección marcada entre crucecitas. Tanta era mi seguridad de no aprenderla, que ni la repasaba.

Todo se me volvía en vigilar al maestro, a las disciplinas colgadas de uno de los brazos del crucifijo que mostraba su laceria en un ángulo de la mesa, y pensar en mi casa: en la huerta, en las higueras, sobre las cuales los espantapájaros servían para que los mirlos se posasen, descansando del saqueo cotidiano.

De aquellas higueras, mamá, con gran escándalo de la tía Pepiña, colgaba una hamaca que había traído de Cuba, país que yo entonces creía muy lejano y que asociaba a las tierras de que nos habla la Historia Sagrada. Esas tierras donde las mujeres iban a buscar agua en cántaros a los pozos bíblicos. Mujeres bellas, dulces, rítmicas. Mujeres descalzas, que vestían claros hábitos, tan distintos de aquellos llenos de colorines que usaban las aldeanas de mi pueblo.

Al ver a mi madre me acordaba de todo aquello. De las mujeres de Jesús de Nazareno de que nos hablaba —¡parece mentira!— el maestro aldeanote y rudo.

Gozaba entonces de un desfile de suaves paisajes llenos de Sol, carretas blancas, corderos, borriquitos, palmeras. Veía a la Samaritana, a la Virgen María, a Jesús, el triste rabí, a los cuales mamá conoció seguramente en su país lejano.

Ella me lo decía; ella, que nunca me engañaba, me lo decía a escondidas de tía Pepiña, como si fuesen cosas malas, iguales a las que contaba la bruja del mal de ojo, a quien mamá siempre le daba limosna.

Mamá había muerto hacía un año. Mis dos hermanas, Julita y María, estudiaban en el colegio de monjas, y solo podía verlas dos veces al año y en vacaciones.

Papá siempre estaba de viaje, y a su regreso, antes de extremarse conmigo, consultaba al maestro y a la tía, y como éstos me pegaban todos los días, ¡figúrense!, ¿qué le iban a decir?

El maestro me pegaba hasta hacerme daño. No valía que me pusiera la gorra doblada en los fondillos del pantalón; los plomos lo traspasaban todo.

Echado boca abajo, sobre sus rodillas, me pegaba hasta que sentía mis sollozos silenciosos y entrecortados, más que por el dolor, por el despecho y por el odio a mis condiscípulos, que asistían regocijados al castigo diario.

Después besaba a ocultas el escapulario que me había dado mi madre y le llevaba a la tía Pepiña la eterna carta del maestro:

«Doña Josefina: Como siempre y con gran pena me he visto precisado a castigar a Gabrielito. Mande como guste a su humilde servidor, Eliso Rodríguez.»

Yo creo que los dos se entendían: ¡eran tan desvergonzados! Después estas cartas archivadas servían para convencer a papá.

Un día escuché, detrás de una puerta, cierta conversación entre los criados que me explicó, en parte, la malquerencia de la tía.

Era la historia mil veces repetida en aquellas comarcas.

—Sí, mujer —decía la cocinera a la criada—, esta vieja es la bruja de la casa, una beatona. Todo lo que puede apañar es para el cura, para la iglesia. ¿No ves cómo tiene a las hijas del caballero alejadas de aquí porque ya son mayorcitas y pueden hacerle sombra?

—Ahora creo que se ha encaprichado en tener una capilla propia.

—¡La muy bruja! Será para celebrar sus aquelarres. Yo les tengo tirria a todas las escobas de esta casa. ¡Sabe Dios en cuál montará ella!

—¿Te acuerdas de doña Isabel?

—¿Cómo no me voy a acordar, mujer! La pobre murió de tanto sufrir.

—Qué buena era, ¿eh?

—El *reveso* de la medalla.

—¡Qué buena! Siempre nos daba el aguinaldo, como ella le llamaba. Nunca he de olvidarla.

—No sigas, que me entran ganas de llorar. ¿Recuerdas la ropa que nos daba para los chicuelos...? ¡Qué lástima!

—¿Se habrá salvado?

—¿Quién?

—La señora.

—¡Qué animal eres!

—¡Como nunca se confesaba!

—No se confesaba con don Antón porque la *probe* sabía muy bien que era un *lebertino*, ¡pero bien que rezaba!

—Sí; está en la gloria.

—¡Qué duda!

—En cambio, ya ves cómo nos escatima los salarios la beata, ¡mal espíritu la posea!

—Apenas nos da para cocinar... Todo lo que apaña es para el cura.

Aquella conversación que reconstruyo lo más fielmente posible me explicó muchas cosas, y desde entonces odié más a mi tía y al padre Antón.

Por fin llegaron las vacaciones, y con éstas coincidió el regreso de papá que, contentísimo porque me llevé a casa un diploma de aplicación en las matemáticas —al fin era comerciante y el catecismo creo que solo a medias le interesaba—, me regaló lo que le pedí: un cordero.

Lo preferí a cualquier otro regalo porque aquello vivía y yo podía hacerlo feliz con mis cuidados, porque tenía unos ansiosos deseos de querer algo que fuese mío en absoluto, que nadie me lo discutiese y que a la vez no me discutiese a mí, que no me analizase.

Además, tenía otras razones más inmediatas y tangibles que obraban en mí directamente para preferir al corderito a un perro. Por ejemplo: este animal, como todos los animales caseros, estaba desprestigiado a mis ojos, porque mi tía era muy dada a ellos, razón más que suficiente para odiarlos yo.

Aquellas vacaciones las pasé un poco triste porque mis hermanas no vinieron. La tía Pepiña había dispuesto que las pasasen con unos parientes que veraneaban en Villagarcía, las playas de moda del país.

Yo todas las mañanas sacaba a pacer mi cordero a un bosque que se alzaba detrás de nuestra casa y al que se llegaba por una especie de puente tendido sobre un pantano cubierto de mimbres y que me atraía por su silencio, hecho de constantes murmullos. Estaba lleno de árboles monumentales, soberbios. Allí, a pesar de mi poca edad, meditaba en mil cosas pesarosas.

A veces tenía miedo y echaba a correr seguido por el cordero, como si éste fuera un perro y sintiera también pánico a lo desconocido. Entonces me quedaba en el portón de la huerta, y allí sentado lloraba hasta mediodía sin saber por qué; todo acongojado, con un terror indecible por la llegada de la noche; sin desear nada, huyendo como un salvaje de todo el mundo.

¡Oh, sí, aquel pueblo me hizo desdichado para toda la vida! Jamás podré curarme de la melancolía que en mi espíritu destiló su paisaje tan dulce y a la vez tan tétrico y sereno, ni la amargura que la maldad de unos y el abandono de otros me produjo.

No obstante, a veces pienso en él con una tristeza infinita que es casi un éxtasis, y es cuando me acuerdo de mi madre, enterrada allí, en el cementerio humilde al pie del bosque monumental y lleno de murmullos, sobre el cual, en sus paseos melancólicos, me narró alguna parábola ingenuamente nostálgica. ¡Mamá era una niña!

Las clases tornaron. En ellas tenía que hacer un esfuerzo supremo para no romper a llorar. Ahora me acosaban más preocupaciones; había cifrado todo mi cariño en el cordero, que ya nadie sacaba a pacer y a brincar.

Se quedaba atado en la huerta porque mi tía no quería que le estropease las hortalizas. Se iba poniendo flaco y triste.

Aún recuerdo sus ojos alegres cuando me veía llegar del colegio y lo sacaba afuera de la huerta a triscar el musgo que crecía al pie de la tapia.

Éramos felices una hora, mientras anochecía. Él entonces se quedaba solo, y yo, solo también, marchaba a ocultar mi pesadumbre bajo las mantas de la cama donde más tarde venía a acostarse la tía, que a veces se estrechaba contra mí frenética por su miedo —como decía— a los malos espíritus.

Entonces tenía frases ambiguas:

—¿No tienes miedo, monín?

—¿A quién, tía?

—¡A quién va a ser, a los duendes!

—No, yo no tengo miedo por mí.

—¿Por quién, entonces?

—Por el cordero; ¿usted no cree, tía, que al cordero pueda pasarle algo malo?

—¿Qué quieres que le pase? No me hables de eso ahora —decía malhumorada, mientras que aprovechando la oportunidad del disgusto fingido, volvía a estrecharse a mí, sudorosa y lasciva.

—Un día —no me explico cómo se me ocurrió la fatal idea— me escondí y no asistí a clase. Había dejado el portón de la puerta arrimado; di la vuelta a la casa y entrando en la huerta eché a correr con el cordero hacia el bosque.

Íbamos locos de contento. La inquietud por mi acto no era suficiente a matarme la alegría. El Sol lo llenaba todo de luz, y hasta el pantano, cubierto de mimbres misteriosos, parecía alegre.

Ya en el bosque, una ligera congoja comenzó a obrar en mí, pero sin tomar consistencia. Nos internamos en él más que de costumbre, al amparo de una discreta penumbra. No se veía ni un alma, ni un camino trillado; el murmullo del bosque era más penetrante que otras veces, más misterioso.

De pronto, del fondo de la espesura se dejó oír el caramillo de un pastor que tocaba desesperado. El cordero se inquietó enseguida y yo me estremecí, acordándome de la fábula del pastor y del lobo.

Buscando el lindero del bosque echamos a correr. Aquella vez el cordero me cruzó delante y se ocultó a mi vista. Ya cerca de la entrada me quedé parado en seco, lleno de terror.

Mi tía, acompañada del sacristán, un aldeano místico de ojos verdes como jamás olvidaré, estaba en pie, a pocos pasos de mí, los brazos en jarras. El sacristán tenía cogido al cordero por el cuello.

—¿Cómo ha sido esto, perdido? —gritó mi tía.

Yo estaba mudo por la sorpresa y el espanto.

—¿Qué? ¿No contestas? ¡Ahora verás, vamos! —y cogiéndome por la muñeca me arrastró tras de sí.

Delante marchaba el sacristán con el cordero sobre los hombros. Atravesamos el puente, y dejando a un lado el portón de la huerta de la casa, que se distinguía a lo lejos todo bañado de Sol, llegamos a una casa de mal aspecto. Era la carnicería del pueblo.

—Tía, ¿qué vas a hacer? —dije tuteándola—. ¿Qué vas a hacer?

—¡Ahora lo veras, perdido!

—¿Lo van a matar, tía Pepiña? —le pregunté pleno de angustia, abriendo muchos los ojos.

—No, a matar no; tú mismo verás lo que van a hacer. Lo van a trasquilar.

Yo suspiré profundamente, como si me viniese la vida. Lo bueno se nos hace fácil creerlo. Tuve deseos de besar a mi tía.

En aquel instante el carnicero, que había estado hablando con el sacristán, cogió al cordero por las patas traseras y, balanceándolo un momento sobre sus hombros, le destrozó la cabeza contra un pilar.

—Para que no sufra mucho —dijo, mientras yo desfallecía.

En tanto le hundía el cuchillo en el cuello, los ojos, casi humanos, fijaban en mí su miraba turbia, muy triste, infinitamente triste.

Todavía oí como una voz lejana que decía:

—Ya sabe, Fermín; tú te encargas de que se lo preparen como le gusta al señor cura.

La bruja

I

El mastín dio un último salto y hundió las poderosas patas delanteras en la arena húmeda, sentándose y mirando a su ama con los ojos severos, en el fondo de los cuales se precisaba la característica fidelidad de los de su especie.

Estaban en la orilla del mar, entre falúas y traineras varadas, que parecían querer descansar de fatigas recientes, mientras sostenían, de regala a regala, grandes redes orladas de rodajas de corcho. Desde uno de los últimos pesqueros, dos mujeres que habían dejado en sus regazos la red que cosían, observaron con ojos de curiosidad al ama del perro y después se hablaron:

—¿Será bruja o diablo?

—¡Sola vaya! Si nos ve, nos hará mal de ojo.

—Nunca sale de la casa.

—Hoy es milagro: va a pasar algo en el pueblo.

—Ni a misa va. Está como enclaustrada... ¡Sola vaya!

—En tu pellejo, Rafaela, me enconmendaría al Santísimo.

—A él me encomiendo. Ahí viene, escondámonos.

—Escondámonos. ¡Dios nos libre de entuertos!

Las dos aldeanas se persignaron con un ademán fugaz, adhiriéndose al casco de la embarcación, desplazando los pólipos ramosos que lo cubrían. A poco sintieron los pasos amortiguados de la que llegaba, que, sin verlas, se detuvo apoyándose en el pesquero. La recién llegada cortó con una breve frase el gruñido que el mastín había iniciado y se quedó contemplando el mar, con cuyo color se confundía el color de sus ojos, apacibles y nostálgicos. El mastín gruñó de nuevo olfateando la marisma.

—Cállate, *León*. ¿También tú estás como él?

El perro movió la cola, pero siguió gruñendo mientras escarbaba en la arena violentamente. La dueña lo llamó acariciándolo y dijo con la mirada fija en el animal:

—Hoy estás como él.

Sus ojos volvieron a perderse en la inmensidad azul del mar y añadió:

—No sales. No vas ni a misa. Estás como enclaustrada. El día que salgas va a suceder algo en el pueblo.

Las dos mujeres que se escondían bajo la amura del pesquero se estremecieron; una fuga de signos de la cruz se les heló en los dedos y sus labios se agitaron en un espanto de oraciones frustradas.

El perro, que, habiendo rodeado la embarcación al fin, las había descubierto, ladraba ahora rabiosamente, mientras destrozaba con sus patas la red que ellas habían estado cosiendo y que no se atrevían a defender. El ama del perro continuó contemplando el mar, ajena a lo que ocurría a su alrededor, como absorta en sus pensamientos.

II

María Eugenia nunca antes había visto las cosas que ahora veía y que le eran tan extrañas. Al principio no lo precisó bien. Pensó que aquella era la tierra de su esposo y que llegaría a amarla de la misma forma que encontró en su compañero sentimientos amables; por ejemplo, la ternura de sus ojos cuando la miraban en la intimidad, aunque habitualmente eran tan duros. Pronto se convenció de lo contrario. Para su esposo ella había sido elegida; todo lo hizo para conquistarla: le rindió dócilmente la fuerza que poseía y que era tan difícil de embridar; ella, a su vez, era tan asustadiza, tan poca cosa, que se dio sumisa a aquel amor violento que sabía utilizar tan bien el contraste de la frase rendida y el sentimiento autoritario. Pero, en la tierra de él, era una intrusa. Era la extranjera. Lo comprendió al fin llorando silenciosamente, perdida en las inmensas habitaciones de aquella casa en la que su amor no había modificado nada, impotente ante la tradición, a cuyo respeto obligaban las miradas severas y frías de los antepasados de su esposo que todavía mandaban desde los lienzos que adornaban las paredes; por cuyos ventanales penetraba un Sol sin calor, los aires quejumbrosos del mar, y se veían los pinares, más lejanos que las visiones del trópico que guardaba su memoria. Los hijos de María Eugenia se encontraron después con el recuerdo de aquella mujer joven que contemplaba el paisaje con los ojos humedecidos de llanto; se encontraron después muchas veces con ese recuerdo, pero nunca lo precisaron entonces, cuando ella les peinaba aún los largos cabellos infantiles y los quería retener a su lado para hablarles de cosas incomprensibles. ¡Era tan quieta, tan callada y tan pensativa! Ellos estaban llenos de inquietudes. El mar, que olía fuertemente a mariscos, estaba tan cerca, que solamente hacía falta atravesar el arenal para llegar hasta sus orillas y escuchar en los caracoles tirados en la playa las marejadas de todos los mares. Saliendo temprano se podía ir hasta los pinares y perderse en ellos a coger pájaros con el «garamillo». María Eugenia sentía que sus hijos no eran de ella, que su propio esposo se le había ido entre las manos. Hasta supo que todavía atendía a una aldeana con la cual en sus mocedades tuvo un hijo, «el hijo de la Rafaela», que ya era un hombre. Pero como era tan asustadiza, tan poca cosa, se sometía a todo sin hostilidades; se hacía más quieta, más callada y más pensativa, mientras buscaba en los ojos de su esposo, mucho más viejo que ella, aquella ternura que antaño la adormecía y que ahora solo era para los hijos. Únicamente se sentía dueña de *León*, aquel perro corpulento y fiero, que ni sabía cómo había llegado a la casa y se le había pegado a ella, acaso por estar los dos como olvidados, como abandonados; y, acaso por eso también, el perro solo tenía para todos, menos para su ama, gruñidos de agresión.

Aquella mañana se había encontrado de improviso con los ojos de su esposo fijos en los de ella. Hacía tiempo que no se miraban de esa forma, sin reservarse lo interior, y ella se sintió emocionada, buscando en su memoria otras miradas semejantes. Lo mismo le ocurrió el día que se tropezaron con «el hijo de la Rafaela»; venía éste de frente, con la actitud agresiva, y de pronto la había mirado a ella con una claridad en los ojos tan emocionante que jamás la pudo olvidar por completo. Ahora no sabía si era su esposo el que la miraba, su esposo de antaño, o el hijo de él y de la Rafaela, el bastardo. Pero fue un momento nada más; el esposo reaccionó como cogido en falta y dijo:

—¿Qué te sucede? Nunca sales, no vas ni a misa. Pareces una enclaustrada. El día que salgas va a suceder algo en el pueblo.

Ella se sonrió débilmente, aunque comprendió que la entrega había sido demasiado fugaz, y repuso:

—Si eso te complace, saldré hoy.

Y añadió mentalmente: «¡Si quisieras acompañarme!»

Y había salido sola, seguida del perro. Afuera, como adentro de la casa, eran los olvidados, los abandonados. Pero, ¿a dónde ir...? No sabía cómo arriesgarse más allá de la vista de la casa, a pesar de que su alma apacible no le permitía advertir la repulsa de los demás, y menos adivinar, por su ingenuidad, el género de sentimientos que inspiraba a aquellas gentes inmediatas, hundidas en los prejuicios aldeanos.

III

El bastardo se adentró en la arena, imprimiendo en ella, profundamente, las huellas de sus zapatones claveteados. No era que fuese para la playa, sino al pueblo a marcar estopa y brea con que calafatear el casco de «La Juana», que hacía más agua que un colador; era que no quería pasar bajo las ventanas de la casa del «señor», como le llamaba su madre, y al que tal vez le pidiera cuentas algún día, no de ser su padre, que ésas eran difíciles de saldar, sino de aquel saco de harina que como padre mandaba todos los años, por Pascuas, y que él todos los años tiraba al fondo del barranco que había detrás de su casa.

—Pero, ¿por qué lo haces? —gemía la Rafaela con hambre de pan blanco.

—¿Acaso te le vendiste? ¿No te doy yo de comer?

—Entonces, devuélveselo.

—Eso sería pedir más y de él nada quiero.

Pero un día se tropezó con su padre, que venía acompañado de «la otra», y, aunque ya había luchado como un hombre contra el mar y tenía mucha ira acumulada, no supo explicarse lo que le pasó. Solo recordaba que todo él se había aplacado cuando sus ojos y los de aquella extraña se encontraron. Desde entonces no volvió a pasar cerca de la casa, ni en la suya quiso que se hablase para mal de la extranjera. E incluso la madre pudo por Pascuas hornear hogazas de pan blanco.

El bastardo ya había dejado en la arena una larga hilera de huellas cuando vio al perro rompiendo sus redes y gritó corriendo hacia él, enarbolando la masa de calafate:

—¡Ah, maldito!

Vio entonces a su madre que le abría los brazos pidiéndole auxilio, y le tiró la maza al mastín, que ya se había vuelto para hacerle frente al enemigo y contra el cual se lanzó con furia.

En aquel instante, María Eugenia, arrancada de su ensimismamiento, salió de tras la embarcación que la ocultaba y gritó ansiosamente, llamando al perro.

Esto no detuvo su impulso; pero el bastardo, preparado para la defensa, al sentir aquella voz, sufrió una momentánea vacilación que le fue fatal: el mastín, tirándolo al suelo, se aferró a su garganta y lo sacudió rabiosamente. Las mujeres se quedaron paralizadas de terror. Cuando el fin pudieron gritar, ya el bruto había soltado a su presa, que yacía inmóvil sobre la arena, para irse a refugiarse bajo el casco del pesquero. María Eugenia corrió hacia el caído y, arrodillándose a su lado, le alzó la cabeza buscándole temblorosamente la vida en los ojos.

Detrás de ella, la Rafaela y su acompañante, tocadas aún por el espanto de lo sobrenatural, observaban la escena con ojos despavoridos.

Las miradas del herido y de María Eugenia se encontraron, y ésta le dijo emocionadamente:

—¿Sufres mucho?

El bastardo, sin separar los ojos de los de ella, movió la cabeza negativamente; quiso hablar, pero los labios se le llenaron de sangre entorpeciéndole una sonrisa dolorosa. Al fin dijo con voz débil:

—Me siento feliz.

—Eres él mismo —repuso María Eugenia, rehuyendo los ojos del bastardo—; él, tú, no sé...

Sintió cómo el herido, haciendo un esfuerzo, le cogía una mano para llevársela a los labios ensangrentados. Antes de poder, su cabeza le cayó desvanecida en el regazo.

Detrás de ella gritó espantosamente la Rafaela llenando la playa de inquietudes:

—¡La bruja! ¡La bruja! ¡Llevóselo la bruja! ¡Mi hijo!

—La bruja... —musitó persignándose la otra aldeana.

IV

Nunca más se volvió a ver a María Eugenia. Pero aún hoy, después de muchos años, los aldeanos se horrorizan sabiendo que algún día la verán salir de la casa abandonada.

El discípulo

No fue el «San Martín» el barco de mi iniciación; tenía escasamente trece años de edad cuando por vez primera consté en un rol marítimo.

De esto no tuvo la culpa ni María Luisa, mi novia, ni el *Sandokan* de Salgari; claro está que influyeron, influyeron... Pero, si a influencias vamos, yo debía ser un santo, pues mucho me agradaban las Vidas de éstos, cuando en el colegio, a la hora del almuerzo, nos las leía aquel hermano de San Vicente de Paúl, huesudo y alto, que tan buena pronunciación tenía. Y no fue así, ya que a los ocho meses me expulsaron del colegio en el que cumplí los doce años y en el cual me había internado para corregirme.

Salvé la tempestad de azotes de la llegada a casa con unas cuantas lágrimas vertidas con muy buena voluntad, y como se daba el caso de que, adoleciendo por mi carácter tímido de una castidad falsa, era, sin embargo, sensual por naturaleza, me hice novio de María Luisa, la hermana de mi amigo Enrique; una muchacha gordita y de ojos negros a quien le gustaban de una manera desesperante las esencias, las cuentas de azabache y los pasteles.

Como el peso que todos los domingos me daba mi tío Evaro no me alcanzaba para comprar, además de mis libros de aventuras, lo que ella me pedía, logré que el tío me colocara en una oficina donde el jefe, a quien llamábamos Erizo, me hacía gracia de 2 pesos y veinte sermones semanales.

Por aquel entonces leí *Sandokan*, la historia del famoso pirata, y me entraron unos deseos muy grandes de hacerme hombre a su semejanza. Le puse a mi novia, como a la heroína del cuento, Perla del Labuán, y le prometí un collar y un brazalete que le llevé al día siguiente, a pesar de que me costaron 10 pesos.

Pero he aquí que, naturalmente, no le agradó a Erizo que le hiciese regalos a mi novia con el dinero que era suyo, y me expulsó a su vez.

Aquel día hubo azotes, mi tío cesó de darme el consabido peso, y lleno de viril indignación que había aprendido de Sandokan, vi que María Luisa me abandonaba, pretextando, ¡a los doce años!, que se quería meter a monja.

—Yo te conquistaré —le dije—. ¡Ya verás!

Meses después me embarcaba de camarero en un barco de cabotaje.

Los hombres son unos incomprensivos. ¡Con qué desfachatez me pedían un vaso de agua, a mí, que tenía el alma de hombre tremendo!

La palabra que más me ofendía era la de «mozo», y sobre todo cuando era dicha por algún muchacho de las familias que iban a bordo. Poco a poco fui comprendiendo la verdad; no obstante, cada ola me traía un ensueño, y por las noches, tendido boca arriba en las escotillas de proa, a donde llegaban las salpicaduras del agua, me imaginaba los muros del convento que escalaba, con un *kriss* malayo entre los dientes, las pistolas en el fajín de seda, y unas botas altas que me llegaban a los muslos:

—¿No te dije que te conquistaría? Aquí estoy, ¡vamos!

La imaginación, que me torturaba con jugarretas, me la presentaba como a sor Angélica, la monja maestra de mi hermana, a la cual vi un día sin cofia, toda rapada.

Rechazaba, casi materialmente, la visión escandalosa, y tornaba a comenzar otro episodio que siempre iba a parar a lo mismo o en algo peor: cuando no el pelo eran las cejas y pestañas lo que se había depilado.

De aquel amor me curaron otros amores más pecaminosos y reales; no hay pasión más lasciva que la de las mujeres maduras por el niño cuando empieza a ser hombre: ¡resulta uno el poseído! De alguna sé que aún mareadas y todo, ¡daban unos besos!

Sin curarme —pues la cabra tira al monte—, comencé a ser más reflexivo; comprendí la inutilidad de mis viajes; pero, cuando quise abandonar el barco, no pude: la mar enamora también. Solo se me ocurrió dejar aquel barco por otro donde no viajasen comisionistas, muchachos malcriados y también, ¿por qué no?, aquellas señoras gordas que me besaban, más que en los labios, en los dientes, de tanto apretar.

Después de algunas dificultades logré embarcarme en el «San Martín», un vaporcito de poco tonelaje y máquina cansina que remolcaba a puertos extranjeros lanchones de miel.

La nostalgia del primer barco se me curó pronto por la novedad del segundo; pero el Sandokan portentoso se me esfumó, y María Luisa había —para mí— hecho sus votos.

Me iba quedando solo; los ensueños se me hacían más espaciosos e imprecisos; y las cartas que aún, de cuando en cuando, recibía, eran abominablemente huecas; además, en el nuevo barco no dejaba de ser lo que era: un camarero.

Busque a mi alrededor y me llamó la atención Juan, un muchacho robusto, valenciano de ojos vivos y malignos, conducta sórdida, perverso y mal querido por el resto de la tripulación. Había sus motivos para esta malquerencia: igual ponía una hoja de acero en las ropas de un timonel para que la aguja imantada se alocase, que a hurtadillas echaba a pelear al cocinero con el resto de la tripulación, vertiendo en los calderos del rancho triple cantidad de sal que la necesaria. Hacía el mal por gusto. En la Marina inglesa o alemana se hubiera ganado algunas barras y una que otra bolina; allí, en el barquito aquel de costumbres caseras, se le requería, se le amenazaba con la expulsión, y se utilizaban sus servicios de marinero activo y experto.

Yo, pese a sus maldades —tal vez por ellas mismas—, lo preferí a la otra gente porque era marinero de verdad, ¡marinero de buque de vela, de bergantín! No sabía leer, y sin embargo cuarteaba la brújula como un oficial; odiaba a sus compañeros y era contrabandista —mínimo defecto—; y por otro lado, se había encariñado con el barco y conmigo.

Los otros eran más bien hombres de muelle, de cabaret; cuando tenían 100 pesos se desenrollaban. En los brazos, en vez de anclas o sirenas, se pintaban mujeres en cueros, con medias y ligas puestas; mujeres con senos enormes que nunca enseñaban las manos porque éstas son muy difíciles de tatuar. Eran tal vez unos buenos obreros, de rato en rato bolcheviques, enemigos de la propiedad y, como consecuencia, degenerados, amigos de lo ajeno.

Como a Juan le agradaba mucho que le leyese, le propuse un día enseñarlo a leer y a escribir. Aprendió en tres meses. Las clases eran tumultuosas y originales:

—¡Por Dios, chico, no seas bruto! ¿Vamos a tener que empezar de nuevo? «Vira de bordo» no se escribe así: vira es con ve de vaca, y bordo con be de burro.

—Ahí está, ¡eso es lo que a mí me revienta! ¡A ver! ¿Por qué han inventado esas dos letras si suenan lo mismo?

A mí, que tampoco lo sabía, me entraban deseos de responderle: «porque les dio la gana», pero me contenía a tiempo en atención a mi fuerza moral; y ante aquel atolladero didáctico exclamaba buscando la palabra:

—Pues..., por euferismo.

—¿Cómo? ¿Qué es eso?

Ya puesto en el disparadero, no me quedaba más recurso que continuar.

—¿Tú no sabes que cada palabra tiene su sicología?

—¡Hombre, hasta ahí no he llegado!

—Pues bien, cada palabra tiene su sicología y cada letra, como es natural, ¿no?

—Claro...

—...su euferismo especial; por eso vira se escribe con ve de vaca y bordo con be de burro, como buque, babor, etc. étera.

—¿Y revolucionario?

—Con ve de vaca.

—¿Y soviet?

—También con la misma.

—¡Aaah, espera! ¿Todo eso de revolución se escribe con ve de vaca?

—Sí, casi todo...

—¡Ya ves lo que son las cosas! Matías dice que soy un animal y ha puesto con pintura colorada, encima de su litera: «Yo soy un rebelde», y lo ha puesto con be larga.

—Está bien —decía yo honradamente—; así se escribe.

—¡Eh! ¿Y por qué? —replicaba, mirándome con sus ojos de una perspicacia terrible.

—¡Cómo por qué! Por el euferismo, chico, por el euferismo.

—¿Sabes tú que eso es más difícil de la cuenta?

—Seguro. ¡Y despúes a ti se te ocurre meterte en cada hondura! Pero no, poco a poco le irás cogiendo el golpe, ya verás. Daban las tres, y Juan, que tenía que ir a relevar al timonel, me dejaba solo.

Le había tomado cariño a aquel muchacho que era odiado por todos y a todos odiaba. A veces, entre lección y lección, hablábamos mal de los otros. ¡Ah, el pobre don Julián! Un piloto tremendo que se desesperaba por la poca marcha de su barco. ¡Cómo nos burlábamos de él!

Este no utilizaba mis servicios, cosa extraña siendo el capitán. Se hacía la cama y arreglaba personalmente su camarote. Como era alto y extremadamente flaco, le pusimos un día por apodo el nombre de un faro: Maternillos. Siempre le conocí el mismo uniforme, pero al llegar a puerto se vestía con traje de paisano que le resultaba muy corto, y un sombrero de paja, amarillo de puro viejo, que desenvolvía de entre un montón de papeles y que se ponía después muy derechito. Saltaba a tierra y regresaba a la media hora trayendo tabaco y varios periódicos que le servían, alternados con la Biblia, de lectura durante el viaje.

Tenía los ojos azules y bondadosos; las manos finas y blancas, serenas en el ademán. A la hora de tomar la altura, cosa que no confiaba a sus oficiales, lo hacía pausadamente, suspendiendo el sextante con el gesto patético de un cura de aldea en el instante de alzar el cáliz. Hacía versos y cartas muy largas que enviaba, con doble franqueo, a un desconocido y, probablemente, romántico destino.

Un día me llamó.

—Joven —me dijo—, he recibido carta de su familia y de los consignatarios de la empresa, en las cuales se le recomienda a usted. Haciéndome cargo de la situación, les he contestado. Desde hoy ponga un cubierto para usted en nuestra mesa. Puede retirarse.

—Señor...

—¿Decía...?

—¿Quién servirá?

—Que haga cada uno su servicio; ponga todas las fuentes en la mesa.

Me retiré medio turbado y le conté el caso a Juan.

—Pero tú no vas a aceptar, ¿verdad? —me dijo, lleno de envidia o de buen sentido.

—Hombre, yo creo que no me queda más remedio.

—¡Que no te queda más remedio! Es bobería, eres como los otros.

—Pero, chico, ¿qué quieres que haga?

—Nada, nada; eres como todos, como los demás.

El bolcheviquismo del castillo de proa también me lo criticó. Pero no obstante —y harto disgustado porque aquello resultaba un tanto ridículo—, me senté al cabo de la mesa en la cual tenía que poner primero las fuentes.

Al fin todo cambió. Después de una ausencia de tres días, regresó don Julián casado. ¡Una mujer preciosa! Josefina. Tenía el pelo, las manos, el cuerpo, como esas mujeres que nos gustan siempre. ¡Divina!

Como el nuevo estado de nuestro capitán requería más etiqueta, tuve que abandonar —a petición— el alto honor que se me había concedido.

La algarabía del castillo de proa fue tremenda.

—¿No te lo decíamos? Al César lo que es del César —decía Juan, ya medianamente ilustrado—; desde que comías con los oficiales ya ni me enseñabas.

Mi fondo sandokanesco surgió de nuevo. En venganza de mi derrota, comencé a desnudar con la vista a aquella mujer que la había causado, y a no ser tan preciosa, me hubiera desenrollado por segunda vez.

A la semana, ella, que era mujer y sensual, me adivinó y valoró a su esposo. ¡Pobre don Julián! Hizo mal matrimonio. Al mes Josefina ya se mareaba, tenía que llevarle refrescos a la cama, y un día:

—¿Tú no tienes novia? —me preguntó.

—La tuve, pero se metió a monja —respondí algo asustado por aquella oportunidad que parecía ofrecerme.

—¡Pobrecita! ¿Y por qué?

—Nada, por darme dolores de cabeza.

—¡Ay, qué gracioso ¿Y tú?

—¿Yo? Me hice marinero.

—Lo que no debes sentir mucho, ¿verdad?

—Hombre, como sentirlo, no lo siento; pero alegrarme, tampoco me alegro.

—¡Caramba, qué poco cortés eres!

—¿Por qué dice usted eso?

—¡Cómo por qué! No siendo marinero no me conocerías a mí. ¿No te paga esa amistad todos los trabajos que has pasado?

Me puso un poco nervioso.

—Por eso digo que no lo siento del todo. Pero, de todos modos, quisiera haberla conocido en tierra.

—Hubiéramos sido novios, ¿no?

—¿Y don Julián?

Hizo un gesto de aburrimiento.

—Don Julián..., don Julián. Mira, ¿quieres darme un beso? Ven, siéntate aquí, a mi lado.

—Pero, ¿y si viene él?

—Te prohibo que me lo nombres más. Déjalo quieto. Ven, siéntate a mi lado.

Y nos amamos. Nos amamos al compás de los cigüeñales de la máquina del buque, turbulenta y cansina.

Nos amamos; y como quiera que Juan me debía una reparación, supo mi secreto.

—¿Pero es cierto lo que me dices?

—¿Cierto? Ya que no en la mesa, por lo menos en la cama tengo un puesto honroso. Juan quedó pensativo, y puso la cara tan fea, que inmediatamente me arrepentí de mi cínica confidencia.

—Bueno, chico —dijo marchándose—, al que San Juan se la dio... Ya sabes el resto.

Al pasar por encima de los cables del remolque, que estaban arrollados a popa, se manchó los pies descalzos, y al irse dejó en el pentagrama que el calafateado sugería en la cubierta primorosamente blanca, las notas negras de los dedos, arbitrariamente incompletas, dignos de ser plagiadas por un compositor loco.

A la semana don Julián nos sorprendió en pleno beso. Fue terrible. La palabra es insuficiente.

Don Julián entró extraño, y levantando poco a poco la diestra armada de un revólver, nos apuntó. Sin decirnos una palabra nos apuntó; nos apuntó serenamente, con los ojos azules, trágicamente dulces, clavados en ella, mientras a mí me encañonaba, me encañonaba sin mirarme. Después, como para reafirmar la puntería, encogió algo el brazo, y de súbito, mordiendo el cañón del arma, se la disparó en la boca.

Mientras caía pesadamente, ella tuvo un suspiro hondo y yo me acordé de Sandokan.

Después que lo echaron al agua, el primer oficial le entregó a Josefina un papel todo arrugado y sin firma que decía:

«Capitán: su señora lo está engañando con el camarero, bijílelos. Perdoneme el euferismo de la letra pues no estoy muy practico en eso de la sicolojia.»

La hermana

El «Julia» iba a ser reparado en los astilleros de la Havana Marine, de Casablanca. Iba a entrar en una larga carena, no solo para quitarse de la cintura sumergida los brazos pegajosos de las algas, sino también para curar las cavernas del pecho: las once planchas carcomidas de proa, bajo la línea de flotación.

El «Julia» iba a entrar en carena; tenía los costados cansados del amor salobre; iba a salir del mar, después de muchos años, como un nadador fatigado, y a crecer todo fuera del agua, desnudo, al aire, los costados ágiles de largas curvas atrevidas, pintadas de un minio que se había olvidado del color.

En su bordo todo iba a cambiar por el colapso de las actividades marineras; como a un ingenio en tiempo muerto, sus hombres comenzaron a abandonarlo en éxodo. Ya hacían sus petates a regañadientes, exactamente como antes, cuando les tocaba hacerlos para salir a la mar de manera tan peligrosa por las condiciones del barco.

Ahora los más viejos se reunirían en Los Dos Hermanos a hablar pestes de la Compañía que les dejaba en tierra sin ayuda, después de haberle prestado el servicio de navegar en su barco desfondado, y los más jóvenes se irían para el café El Candado, situado en donde las calles de Desamparados y San Isidro —las de peor fama de la ciudad— hacen cuchilla, para conocer a la nueva camarera que tanto daba que hablar a la gente del puerto.

Y aquella noche el «Julia» durmió fuera del agua, con sus pulmones agrietados a la intemperie, cuidado por el contramaestre, convertido en sereno, a quien auxiliaba Luis Pondal, que estaba en el barco por recomendación expresa de los consignatarios para «adquirir experiencia», sin sueldo.

El muchacho Pondal era hijo de una familia que había venido a menos; y no al «a menos» progresivo que en épocas de crisis llega a muchas casas a la vez, que se inician en la dura lección de la miseria sobre la marcha, con reajustes sucesivos y deudas sin liquidar, pero conservando las amistades de siempre cuyo nivel también ha bajado, sino por la caída súbita y la quiebra con escándalo.

Cuando a Luis Pondal lo trajeron del colegio en que estaba a pupilo, por más que le explicaron por el camino, no entendió bien aquello del solar, el cuarto oscuro y sucio que daba a un patio lleno de Sol, de algarabía y de chiquillos en cueros y en el que se amontonaban los suyos, que comenzaron a llorar cuando lo vieron, exactamente como ocurre a la llegada de seres afectos en las casas donde se ha muerto alguien, como ocurrió con él hacía un año, después de la muerte de la madre.

Tan solo dos se quedaron mirándolo sin llanto: el padre entontecido, que parecía pedirle perdón, y la hermana mayor que, por un momento, lo interrogó con los ojos grandes y azules para enseguida hacer un gesto de indiferencia despectiva.

Ya hacía tres meses que estaba sobre aquel barco en reparaciones, trabajando en él sin más retribución que la promesa de enrolarlo cuando, ya listo, se hiciera a la mar, y sin más estímulo que su deseo de poner entre él y la depauperación de los suyos una distancia tan grande que hasta el recuerdo le pareciese lejano.

Allí nadie lo conocía; nadie sabía nada de él, a no ser que estaba en la obligación de obedecer a todo el mundo y de hacer toda clase de faenas.

Desde que llegó al barco no había puesto un pie en tierra, no sabía nada de los suyos, y un día estuvo oculto mucho tiempo en el pañol de proa porque llegaron de visita a bordo unas antiguas amistades de su familia.

Por la noche hacía su cama bajo el toldo del castillo y miraba hacia las luces de la ciudad, soñando solo con dejarla definitivamente, con irse muy lejos para poder vivir sin ocultarse como un prófugo de la justicia, para poder salir con sus compañeros a ver a las camareras de los cafés cantantes que todavía no conocía, y para lo que se preparaba lleno de una emocionada inquietud que le venía de la sangre nueva.

Pensaba también en las lejanas ciudades de sus libros; en las ciudades marítimas, llenas de aventuras, de hombres fuertes y mujeres fáciles.

La Habana, no; La Habana era una ciudad que se había olvidado del mar. En ella se hablaba del puerto, de los muelles; pero estas palabras no sugerían sino lo que escuetamente quiere decir; el litoral no era sino una expresión hermosa; en él no habían grupos de hombres de mar fumando en cachimbas, vistiendo ropas embreadas; ni había tampoco tiendas características, ni un barrio marinero con casas que al paso del transeúnte dejasen entrever bergantines en miniatura y mujeres cosiendo redes.

En La Habana la ciudad lo había invadido todo, y sobre los arrecifes, casi sobre las olas, había construido sus paseos para la gente artificial; había ido más lejos aún: se había metido en los mismos barcos, en el propio corazón de los hombres que navegaban. La Habana parecía olvidada de que había nacido de una aventura marítima y no miraba hacia el mar que lucía perdido más allá del recuerdo de los hombres, en las estampas antiguas donde insistentemente se le representaba, aunque solo fuera con las crucetas de un navío.

El muchacho Pondal miraba despreciativamente para las luces de la ciudad y se acordaba de su hermana, que se había lamentado de no ser hombre como él para liberarse de todo aquello que la rodeaba, de la miseria que se lo había llevado todo y que se la llevaría a ella también; para librarse de la «generosidad» de los últimos amigos del padre, que más parecían amigos de ella, porque solo para ella miraban al hablar.

Las reparaciones del barco se hacían lentamente, como dándole tiempo al muchacho para curtirse los pies, que ya sabían andar descalzos sobre los calabrotes y las cadenas de las anclas, broncearse el rostro y fortalecerse los brazos desnudos en los que ya se iban viendo, ensombrecidos, los músculos.

Pronto estaría preparado para trabajar en cualquier barco, para dejar aquel que no era más que un barrio habanero, algo solar también, en el que, como en el solar, le habían dicho al llamarlo:

—Oye, blanquito.

Se estaba endureciendo; cuando en la noche le llegaban los ensueños tontos quería torcerles el cuello; él no sería más que un buen marinero a bordo, y en tierra un hombre capaz de emborracharse como el primero, pasar un contrabando y pelear con la policía del puerto. Hablaría con palabras duras; no se pondría pálido delante de las mujeres y las dejaría después como los otros marineros, tiradas en medio de la calle, borrachas. Él sabía más que los otros; sabía hablar de la guerra que estaba comenzando y que Alemania iba a ganar seguramente porque era un país que miraba hacia el mar y cuyos hombres eran capaces de irse a pique en formación sobre cubierta bajo el fuego de los cañones ingleses.

Él encontraría pronto un barco pintado de camuflaje que hiciera los viajes más largos y en donde estaría confundido con los demás hombres de a bordo, de los que se haría respetar. Lo demás era sueños y tonterías; sería un buen timonel y más nada.

Los oficiales son de otra madera, sus familiares no viven en casas de vecindad, se acicalan y se cuidan las uñas para mezclarse con las pasajeras, que ni miran para los marineros, ignorando que cualquiera de ellos es muy capaz de hacerlas pasar un buen rato y dejarlas después, borrachas, en cualquier esquina.

Al fin, el día que se botó al agua el «Julia» comenzó a llegar la nueva tripulación. Todos eran iguales poco más o menos a los que se fueron; como los otros, conocían a la camarera del café El Candado y hablaban de ella con las mismas palabras: no hacía más que *safar* el cuerpo. Todavía ninguno había logrado sacarla a pasear, y contaban, riéndose, que al Mallorquín le dio una bofetada porque la pellizcó en un muslo y que él le respondió con otra.

El muchacho Pondal había mirado al Mallorquín con admiración; él haría lo mismo más adelante, y si alguna se atrevía a darle una bofetada se la contestaría y después la obligaría a salir con él y emborracharse.

Pero tendría que pasar algún tiempo todavía, tendría que aprender un poco más y cambiar de barco; irse de La Habana a un lugar donde nadie lo pudiera reconocer. Por lo pronto ya le habían dicho que quedaba enrolado de grumete; tendría que cuidar de las luces de situación, manejar la maquinilla de proa para subir las anclas y ayudar a todo lo demás. Faltaban solamente unas horas para que él fuera como los otros, pronto bajaría en todos los puertos de escala para poderse emborrachar sin el riesgo de que lo conociera alguien.

Aquella última noche de puerto no durmió pensando en la vida nueva que iba a comenzar; sintió llegar de madrugada a todos los marineros que se despedían de tierra alegremente. Ya estaban todos a bordo menos el Mallorquín, por el cual comenzaba a sentir predilección y que sería su amigo y maestro.

Al alba se durmió profundamente y todo su sueño se llenó de mujeres alegres que se emborrachaban con él y lo besaban en la boca y a las que él pellizcaba los muslos.

Una sola estaba sentado lejos de él mirándolo en silencio con el mismo gesto de indiferencia despectiva con que lo había recibido su hermana meses atrás, al llegar del colegio; tenía también los mismos ojos azules y grandes de ella y la misma boca y exactamente las mismas manos; era su propia hermana la que ahora se le acercaba y le abofeteaba el rostro hasta sentir un dolor que lo hizo despertar.

Al abrir los ojos vio al Mallorquín que lo sacudía riéndose:

—Oye, ¿cómo no me lo dijiste antes, muchacho? ¡Te hubiera tratado como cuñado!

El muchacho se quedó asombrado sin comprender, sonriéndole:

—¿Qué es lo que dices?

—Chico, me hubieras dicho que la muchacha de El Candado era tu hermana; hubiéramos sido amigos hace tiempo. Ella me lo ha contado todo.

El capitán ya estaba en el puente y el «Julia» enfilaba su proa hacia los puertos cercanos.

El caso de William Smith

¿Quién no recuerda el asesinato de William Smith, el oficial maquinista del «Monte» de la Panamá Pacific Line? Fue uno de los casos más inflados por las cadenas de periódicos americanos, y mientras no llegó el de Lindberg podía discutir con cualquier otro el primer puesto en la gran crónica roja del Norte.

Cuando William Smith, según todos los periódicos del día 4 de septiembre de 1917, apareció ahorcado en el primer farol del ángulo este de la Battery Place, la opinión pública se exaltó, se apasionó de una manera inusitada. La indignación se desbordó, adquiriendo proporciones norteamericanas. Hearst publicó en todos sus periódicos una fotografía sensacional lograda en horas de la madrugada, donde la víctima aparecía colgada, con la cabeza tiernamente inclinada sobre un hombro en el que se destacaban, plateadas, las insignias de oficial de la Marina.

¡Aquello era demasiado! Brisbane lo dijo: era más que el cadáver de un hombre lo que pendía de aquel farol del Battery. Era todo el orden, toda la jerarquía. En aquellos heroicos momentos de Chateau Thierry era más aún, era la patria misma ajusticiada por los «boches», por los traidores. Un paisano no hubiera dicho nada, pues en tiempos de guerra la propaganda bélica excluye toda cotización sobre el varón uniformado. Ese mismo día veinte magacines publicaron simultáneamente la historia del oficial linchado; la Panamá Pacific Line declaró que al siguiente día lo iba a ascender; se movilizó a toda la policía del Estado, y un profesor, que se declaró autor del crimen, fue detenido.

Pero a pesar de toda la explosión de la noticia, ésta se produjo normalmente, y no fue sino hasta el siguiente día que la verdadera noticia sensacional estalló, cimbreó en el aire como una espada sacada violentamente de su vaina. Todos recordaréis ese caso y habréis sufrido la misma impotencia ante el misterio que yo, que participé en el linchamiento, voy ahora a descubrir.

No se crea que esta historia la hago para vanagloriarme. Al fin se verá que no; a partir de ese día abandoné mis ideas sobre los beneficios que reporta esa justicia; su eficacia en las luchas político-sociales es más que dudosa, aparte de que el terrorista llega a convertirse en un ente peligroso que supedita todo otro sentimiento a la necesidad de destruir. Empero, si las circunstancias se repitiesen, veríais de nuevo al oficial Smith balanceándose suavemente en el farol del Battery, a pesar de todos los aspavientos de Hearst, Brisbane y Compañía.

No se sabe exactamente qué día, a fines de la primera semana o a principios de la segunda del mes de octubre de 1927, William Smith, oficial maquinista, en su recorrido de la primera guardia nocturna, descubrió en la carbonera de estribor a Brai, Etanislao Brai, polizón. Si esta narración la hiciera para los miembros de las asociaciones radical-revolucionarias de Pensilvania o para los elementos trabajadores del litoral neoyorquino, no sería necesario decir más sobre la personalidad del compañero Brai. Pero no escribo para ellos; incluso si esto cae en sus manos, más de uno fruncirá el ceño y llegará harto inquieto hasta el fin de estas líneas, temeroso de que haya sido demasiado pródigo en la relación de nombres propios. Pero tengo mucho apego a la vida para no ser prudente. A Brai ya no le puedo perjudicar, pues está muerto; el otro nombre citado, el de William Smith, tampoco traerá complicaciones entre ellos y yo. Y el otro... Bueno, no voy a caer precisamente en el hoyo que trato de evitar, no le voy a hacer el juego a la política norteamericana, aunque realmente no sé de qué podrían herirse mis antiguos camaradas cuando ya *el otro* murió también, y ahorcado, en el primer farol del ángulo este de la Battery Place.

(¡Qué respingo dará frente a su mesa de acero el comisionado Durland si alguien le traduce estas líneas!)

Para los que no conocen a los dirigentes de las asociaciones obreras más activas de los Estados Unidos, diré sencillamente que Etanislao Brai, polizón, era nada menos que el secretario de la Sección Latinoamericana de la I.W.W. (Trabajadores Industriales Internacionales), la que precisamente en el año de 1917 sufrió la más activa y sangrienta de las persecuciones, después de haber sido lanzada a la ilegalidad bajo el dicterio de que sus miembros eran agentes germanófilos (en Alemania se les tituló agentes de los Aliados).

Brai tuvo que abandonar la Unión y se pasó seis meses en el puerto de Tampico, donde organizó la célula local y dirigió inmediatamente la huelga petrolera más importante del período de la guerra, que fue ahogada en sangre por el general Diéguez, vendido al dinero de Wall Street. Una vez más el compañero Brai se vio obligado a huir y embarcó hacia Cuba, donde los portuarios —la vanguardia del proletariado de todos los países— se organizaban pese a la traición de su secretario general y al látigo y soborno del gobierno menocalista.

Brai se embarcó, como una paletada de carbón más, en la carbonera del «Monte». A partir de ese día el diario de Navegación reporta dificultades con la gente de máquinas; fue precisamente en la víspera de la llegada a Santiago de Cuba que el oficial Smith descubrió al compañero Brai en la carbonera y le atribuyó las huelgas —«movimientos revolucionarios» en tiempo de guerra— de los fogoneros. El por qué el fiscal de la Audiencia de Oriente radicó la causa de William Smith de homicidio por imprudencia es un misterio, o más claro, su fenómeno imperialista. Si el fiscal o el juez se hubiera tomado el trabajo de llegarse al barco y asomarse a la puerta del pañol de máquinas teniendo éstas levantado el vapor, no hubieran podido ignorar el asesinato, pues con el calor que había en el pañol se podía cocer un huevo. La propia declaración del oficial, asegurando que solo tuvo encerrado al polizón media hora, y que pasada ésta era ya cadáver, lo prueba. Para que un hombre muera abrasado en media hora por exceso de temperatura hace falta que ésta sea tan elevada que la posibilidad de su muerte no pueda pasar desapercibida a nadie y menos a un técnico.

Pero bien, eso no nos causó mayor indignación cuando lo supimos. Estábamos acostumbrados a participar de los beneficios de la justicia en forma, y más de una vez habíamos tenido necesidad de modificar sus fallos. Así fue que cuando el buque llegó a Nueva York, el camarada..., bueno, le llamaremos «el otro», recibió la orden de enrolarse en él y hacer que el oficial Smith sufriese un accidente que liquidase la deuda.

El hecho de que se hubiese elegido «al otro» y no a uno de la célula de Pensilvania, donde Etanislao Brai contaba con muchos amigos adictos, no tuvo mayor importancia, pues hasta después de la salida del «Monte» no se acusó de reformista a la célula neoyorquina, dominada por los portorriqueños, que aceptaron con alborozo la ciudadanía americana y como consecuencia su participación en la guerra.

Cuando el «Monte» llegó a La Habana no se reportó ningún accidente a su bordo, sin que esto despertase aún inquietud alguna en nuestro grupo de acción; después pasaron Progreso, Veracruz, Tampico, antes de que se manifestase claramente la desconfianza. Solo cuando el «Monte» partió, ya de regreso a Nueva York, recibimos nosotros la orden de movilizarnos e impedir que el oficial Smith siguiera sin castigo.

Estaba claro que «el otro» había recibido contraorden y que nosotros tendríamos que proceder por nuestra cuenta. El día 3 de noviembre a eso del mediodía montamos nosotros la guardia de los docks de la Panamá Pacific Line. Éramos cuatro y estábamos decididos a terminar enseguida. Todos conocíamos a Brai, y yo incluso le debía mi puesto en la South Bethlehen, y en La Habana había vivido en casa de mi familia.

Una hora después hablábamos con el aduanero de turno. No conocíamos al oficial Smith, pero sabíamos que tendría que mostrar su carnet al salir y que eso lo pondría en nuestras manos. Al miembro de acción de la célula neoyorkina —«el otro»— tampoco lo conocíamos personalmente, y aunque pensamos en darle una paliza si se nos ponía a tiro, desechamos la idea por no complicar las cosas y provocar una posible delación.

Pasadas las cuatro atracó el «Monte», y dos horas después, cuando el aduanero fue relevado, aún no había desembarcado nuestro hombre. A las ocho las cosas seguían lo mismo. Ya a partir de esa hora únicamente los oficiales podían dejar el barco y nosotros comenzamos a temer que el nuestro no lo hiciese. Teníamos la seguridad de que se hallaba a bordo, y aunque no estaba «chequeado», parecía difícil que, acabado de llegar a puerto, no se decidiese a saltar a tierra. A lo mejor lo tenía demorado alguna reparación y a nosotros no nos parecía mal que escogiera la noche avanzada para salir, siempre que lo hiciera, aun a riesgo de hacernos sospechosos con tan larga estancia en los muelles. Habíamos acordado esperar hasta las once, y ya pasaban unos minutos de esa hora cuando sentimos pasos y distinguimos el uniforme blanco de un oficial de la Marina.

—Buenas noches, amigo: oficial William Smith —dijo, alargándole al aduanero su carnet de identificación.

A mí se me enfriaron las manos como cuando tuve que tirar de la manivela del transportador aéreo para dejar caer una tonelada de hierro sobre... sobre... Nos había traicionado. No olvido su ademán de terror cuando mirando para lo alto se vio bajo la lluvia de raíles. Pero ese fue otro caso.

Cuando William Smith salió, dos de los nuestros ya habían comenzado a andar; yo y mi otro compañero esperamos unos instantes antes de seguir al hombre. Bajamos los cinco por South Street hasta llegar a la estación de los ferries de Brooklyn, y allí el oficial atravesó diagonalmente la explanada hacia Battery, en donde nosotros lo alcanzamos.

El hombre se paró en seco, interrogante y muy nervioso.

—¿Te acuerdas de Etanislao Brai, compañero? —preguntó el que había hecho pareja conmigo.

Él de pronto se echó a reír estrepitosamente, como si se considerase entre amigos:

—¿Compañero, eh? Caramba, costó un trabajo del demonio, pero ese pañol de máquinas vale un capi...

No dijo más; el *black-jack* trabajó unos instantes. Después el oficial con su uniforme impecable, se balanceaba en el farol.

Hasta el día siguiente, es decir, el 5 de noviembre, la noticia sensacional no cimbreó en el aire como una espada sacada violentamente de su vaina: por segunda vez apareció el cadáver del oficial maquinista William Smith, esta vez el verdadero, en el pañol de máquina del «Monte». Por error ajusticiamos a nuestro compañero, que se había disfrazado de oficial para poder salir de los muelles después de la hora reglamentaria, una vez ejecutada la misión que se le había confiado.

La aversión que desde entonces le tomé a la justicia terrorista hizo que se me expulsase de la I.W.W.

Dos viejos amigos

Tom estaba tan absorto al penetrar en la caballeriza, que pasó por encima del estiércol apilado a un lado de la puerta, sin preocuparse de sus botas recién lustradas. Se detuvo delante del pesebre de Dan, el cual fijó sus redondos ojos húmedos, extrañado de verlo de vuelta tan pronto.

—¿Dan...?

—¿Tom...?

—¿No sabes, Dan...?

El caballo, impaciente, sacudió las crines, y con el resto de gallardía que aún le quedaba, dio en el piso con el filo de uno de los cascos delanteros. Tom se rascó la cabeza. Después, sin fijar sus ojos en los de Dan, que lo observaba, dijo atropelladamente:

—Vamos a salir. Pero, no, ¡no te pongas contento! ¡Todo se podría esperar menos esto! ¿Comprendes? No, no comprendes; yo tampoco, y eso que debo de tener más sesos que tú. ¿Sabes para dónde te llevo? ¿Para dónde te llevo yo mismo?

A Dan le habían quitado cinco años de encima; si iba a salir, lo demás le importaba poco. ¡A este Tom le ha dado a última hora por estar tan triste como un día de lluvia! ¿No era tonto? Pensando en el campo, caracoleó.

—No te pongas contento, Dan. No vas a salir, vas a «entrar». ¿Comprendes? No te espera nada bueno, compañero.

No, Dan no comprendía. Primero, Tom le decía que iba a salir, y después, que no. No lo comprendía, y eso que él y Tom se entendían como si los dos fueran caballos o los dos mozos de establo. La cosa era sencilla: salía o no salía, lo demás era secundario; si no, ¿para qué le habían dado esperanzas?

Dan miró por la ventanilla rectangular que se abría encima de su pesebre y vio el inmenso campo verde, partido por el río brillante como arreos de plata, y más allá, lejos, las murallas de árboles. Vio, alargando el cuello, una esquina de la pista en la que tantos triunfos había alcanzado. ¡La pista! Los viejos remos se estremecieron. ¿Salían o no? Tenía ganas de correr aquella mañana; de beberse el viento, el bosque. ¿La pista? ¿No podría aún hacer una de aquellas carreras de antaño?

La mano de Tom en los ijares le interrumpió un relincho. Lo miró con curiosidad, y la expresión de su compañero no le gustó. ¿Qué le sucedía? Cuando salieron del establo, ya Tom había logrado que Dan no demostrase mayores alegrías.

—Tú conoces al amo, Dan. Después de que lo enriqueciste, no ha hecho más que acumular dinero. Me obliga a acarretillar todos los días el estiércol de las cuadras hasta la finca para que sirva de abono. Lo aprovecha todo. Dice que quiere comprar todo lo que ven sus ojos desde el *stand* de la pista, y lo comprará, Dan. Tú lo conoces. Lo último que compró fue una mina de hulla. ¿Comprendes?

Tom y Dan marchaban uno al lado del otro. Los dos viejos amigos, los dos cansados. Inconscientemente habían tomado el camino del campo, hacia el río, hacia las murallas de árboles. Eran dos viejos camaradas, siempre se habían entendido a las mil maravillas, pero a Tom le pasaba hoy algo que Dan no acababa de comprender: lo sacaba al campo, y en vez de correr a su lado, no hacía más que darle a la lengua; le rehuía la mirada, conteniéndole hasta el impulso de darle una dentellada a la yerba fresca que pisaba. Sin embargo, la mañana estaba llena de luz. Dan miró hacia adelante y oteó el paisaje; sintió el frescor del río. Estiró el cuello, dilató las ventanas de la nariz y, entreabriendo los belfos húmedos, relinchó, mostrando los dientes amarillentos.

—¿Es así como me contestas? —persistió Tom contrariado—. ¿Es que no eres capaz de entenderme? ¿No sabes lo que significa para ti que el amo haya comprado la mina de hulla? Él lo aprovecha todo, todo.

Se interrumpió como para tomar fuerzas, y añadió, con los ojos fijos en el caballo:

—Esta mañana, cuando estaba recogiendo el estiércol, el amo me mandó llamar para decirme...

Tom volvió a detenerse al ver que su compañero, cansado de prestar atención a lo que no comprendía, se le adelantaba iniciando un ligero trote.

—¡Dan!

El caballo se sobresaltó. Aunque ya hacía mucho tiempo que nadie lo mimaba, tampoco se le había acostumbrado a los gritos, y Tom acababa de gritarle como si estuviera en la pista, en una carrera a punto de coger la recta final.

—¡Vamos para la mina!

El brazo extendido de Tom mostraba ahora las chimeneas que humeaban a lo lejos, detrás de los campos de siembra, en tanto que sus ojos persistían en no mirar de frente. Dan le buscó la mirada con extrañeza.

—Vamos. Sí, para la mina —dijo Tom en tono serio—. Cuando él me dio esa orden ya puedes figurarte lo que me pasó. He trabajado en minas y sé lo que es un caballo sepultado en ellas. Son muertos de verdad; peor aún, mucho peor. Nunca más vuelven a ver la luz del Sol, y a poco se quedan ciegos. ¿Comprendes ahora, Dan? Así mismo se lo dije al amo, y le dije también que yo te compraba con mis ahorros. Pero él tiene la manía de no vender nada y me echó a patadas. Entonces le recordé lo que te debía, y se encolerizó aún más, y me dijo que no olvidase que estábamos en

Georgia. ¿Entiendes? ¡Georgia! ¿Cómo te voy a poder salvar yo? ¡Todo sería inútil! Si te llevo, me lincharían por ladrón. Llegada la noche, nos echarían los perros y nos buscarían con teas encendidas hasta convertirme a mí en tea también. Tú puedes hacer poco, Dan. Tienes que bajar, y tal vez el amo más tarde...

Habían dado las espaldas al río y caminaban torpemente. Tom continuó:

—Tú puedes hacer poco; estás muy viejo, demasiado gordo por haber estado tanto tiempo alejado de la pista. No podríamos cruzar la zona. ¿A dónde ir? ¿A Carolina? ¿A Alabama? ¿No te dan miedo esos nombres, Dan?

Dejaron atrás el pueblo y los saludos de los negros amigos de Tom. Algunos le palmotearon las ancas al bruto, gritando:

—¿Qué dice el viejo Dan?

El viejo Dan no decía nada, ni comprendía nada de lo que pasaba tampoco, aunque algo muy grave parecía ser. Seguía al lado de su compañero, habiendo desistido al fin de hacer cualquier demostración de contento. Solamente una vez apoyó en el hombro de Tom el hocico húmedo, tratando de que su amigo olvidase sus preocupaciones, pero éste dijo, haciendo un gesto de desesperanza:

—Ya lo sabrás por desgracia tuya, y nunca olvidarás que fui yo quien te trajo. ¿Comprenderás entonces? Cuando ciegues, ¿estaré yo dentro de tus ojos como amigo o como enemigo?

Dejaron atrás toda la zona de siembra y entraron en tierra que a medida que avanzaban se volvía más negra: llegaban al infierno de la mina. A un lado y a otro comenzaban a verse caras sucias y hombres sucios también, que el Sol no parecía alumbrar sino llenar de sombras. El corazón de Tom comenzó a latir con violencia inusitada y se pegó a su compañero, metiéndole un hombro debajo del cuello.

—Estamos llegando, Dan. Estamos llegando ¡Si no estuviéramos en Georgia!

Un guardia de la mina gritó al verlos:

—¿Eh? ¿A dónde van los dos?

—A la mina; el amo manda a Dan. Me mandó a mí con él, con Dan.

—Sigan derecho hasta la colina; allí mismo es.

Tom siguió el camino indicado, pero su paso se hizo muy lento, mientras le cogía el belfo a su compañero:

—Adiós, Dan. No pienses nunca mal de mí. Te lo pido de rodillas. No pienses mal. No he podido salvarte. Al amo le dije todo lo que un negro le puede decir a un blanco en Georgia. Si me hubieras hecho rico a mí, te habría dado todo el campo que viesen mis ojos desde el *stand* de la pista; pero no has tenido suerte y él te ha comprado esta mina para enterrarte en ella. Adiós, Dan. Si quisieras, aún te podría dar un paseo y cantarte una vieja canción de los míos, pero a cada paso que das parece que me hundes los cascos en el pecho. Adiós. Más vale acabar pronto.

Tom y Dan desaparecieron en la colina que ocultaba la entrada de la mina. Horas después apareció Tom solo, y, renqueando como un viejo caballo, hizo el camino de regreso.

Anazabel

Altamón es un pueblecito escalonado en la ladera de una montaña a cuyos pies está la ciudad de Schenectady; a un rato de tren se encuentra Albany, y a quince días, caminando a pie por la línea del ferrocarril, en invierno, Siracusa.

Si uno puede coger un vagón de mercancías que vaya hacia el Norte, a las cuatro o cinco horas se tropezará con Witerve y, a su lado casi, con las minas de Pont Henry, limítrofes del Canadá, en las cuales siempre se puede hallar, además de trabajo, a la Guardia Montada de la frontera. Esta es la exacta geografía de la región septentrional del estado de Nueva York según el recuerdo del latino Gustavo Gracián.

Entre todos estos pueblos no hay más que nieve, por lo menos durante el invierno; antes y después de él acaso haya yerbas, Sol, árboles verdecidos y carros con ruedas, pero a lo mejor las nieves son eternas, como aseguraría un hijo del trópico que llegase a Altamón por el mes de diciembre y se marchase antes de abril o mayo. En esa época del año todo es nieve, incluso las casas y los árboles, incluso el Sol. A los carros les quitan las ruedas, que sustituyen por una especie de tablones, semejantes a enormes escarpines turcos o a cestas de jugar al jaialai, aplanadas; las herraduras corrientes de los animales de tiro se convierten en dentadas, y hasta los hombres que tienen que trabajar de verdad fuera del pueblo, a quienes, en plena nevada, el calor obliga a desproveerse de sus pellizas, se sujetan el calzado de modo parecido a las herraduras de las bestias o a los *spies* de los jugadores de béisbol.

Cuando Gustavo Gracián, acompañado de su amigo el Cubano, llegó a Altamón destinado a trabajar en un almacén de pontones del ejército, la nieve lo cubría todo, y a él le pareció maravilloso.

Habían caminado tanto que el Sol se quedó atrás, y ya solo se veía su imagen pálida y fría. Era tan grande la distancia establecida entre ellos y el mar, que se habían vuelto un solo hombre. Las penalidades los tenían cambiados, y desde que dejaron el barco que los había conducido a aquella tierra extraña se terminaron entre ellos las diferencias.

Ahora se estaban allí, caminando sobre la nieve, en busca de míster González, el ingeniero pirotécnico que, según el intérprete de las oficinas militares, era el único que podía darles trabajo hasta tanto lograran conseguirse las cartas de identificación, sin las cuales no se les consentiría penetrar en los almacenes del ejército.

—Es latino como ustedes —les había dicho—, y aunque prefiere tratar con americanos, puede ser que los ayude, porque hoy los trabajadores escasean.

Encontraron al ingeniero donde el intérprete les había indicado, y a las pocas palabras se les quitó el susto que llevaban. Tenía trabajo para ellos: se acercaban las fiestas de Navidad y habría fuegos artificiales; si aceptaban sus condiciones, podrían comenzar enseguida aserrando la madera que hacía falta.

Después que los hizo almorzar, los llevó hacia su casa y les mostró el trabajo que tenían que hacer. Afuera, a la intemperie y bajo una capa de nieve, se amontonaban los árboles recién talados que debían aserrar. Los estuvo observando durante largo rato mientras trabajaban y, después de hacerles algunas indicaciones, se acercó a la casa, donde gritó algo en inglés y se marchó.

A la media hora de labor se sintieron un poco fatigados, percatándose entonces de que aquel trabajo se parecía mucho al que realizaron como cargadores de bananas en Puerto Limón, y casi al unísono comenzaron a cantar como es costumbre entre esos trabajadores del Caribe. La sierra tenía dos metros de largo y la manejaban entre los dos, apoyándose en el árbol que aserraban.

Aunque la nieve caía en copos espesos, tuvieron al fin necesidad de quitarse los suéters.

—¿Tú no crees que hemos metido la pata al dejar el mar? —preguntó el Cubano.

—Nadie te convidó a ti. Yo esperaba que te fueras para La Habana, pero desde que te decidiste a venir conmigo parece que te tengo más afecto. En todas partes, para vivir, tendremos que trabajar lo mismo.

Se habían detenido mientras hablaban, cuando unos golpes dados en un cristal les hicieron volver la vista hacia la casa. Alguien, a quien no se distinguía bien, les abrió los brazos como preguntándoles qué hacían, y entonces comprendieron que el ingeniero antes de marcharse había ordenado que les vigilasen la faena.

Gracián pensó entonces que, efectivamente, el mar estaba demasiado lejos, y que no en todas partes se ganaba la vida con iguales esfuerzos.

—Canta —le dijo su compañero—; parece que no quieren que respiremos.

Y desde entonces, antes de cogerse un descanso, miraban para los cristales de la casa. Por cuatro o cinco veces sintieron la misma peculiar llamada y divisaron los consabidos brazos abiertos.

Hacía unas tres horas que trabajaban cuando oyeron unas voces alegres, y un poco más tarde, por el fondo de la casa, salieron dos jovencitas que se detuvieron a mirarlos después de saludarlos en inglés. Al rato, la mayor de ellas, que los había estado observando alternativamente, le dijo a la otra en correcto castellano:

—¿Qué te apuestas a que le pido un beso al muchacho?

Gustavo Gracián sintió un escalofrío en la nuca, pero siguió aserrando sin darse por enterado y le dirigió una mirada significativa al Cubano, mientras la menor de las muchachas dijo riéndose:

—Yo entonces se lo pediré al que tiene la cara de gaviota.

Y ambas a la vez se dirigieron al que habían elegido, acercaron a ellos los rostros y dijeron en castellano:

—Dame un beso...

A Gustavo Gracián se le vio palidecer, pero sin llegar a atreverse; en tanto, el Cubano, que había soltado la sierra, le pasó el antebrazo por la nuca a su muchacha y la besó dura y largamente en la boca. Ella se debatió, y cuando logró desasirse, levantó la mano para pegar, pero el Cubano le sujetó la muñeca.

—Te doy lo que me pediste —le dijo—; si quieres más, avisa; no olvides que a la gaviota le gustan las sardinas.

Entonces ocurrió una cosa imprevista; Gracián, que se había quedado entontecido por la sorpresa y la emoción, recibió una bofetada de la que no había sido besada.

—¡Atrevidos! —gritó indignada, mirándolos alternativamente—. ¿De modo que sois latinos y estabais callados? ¡La culpa la tiene papá por emplear chusma! ¿Quién le iba seriamente a pedir besos a unos atorrantes como ustedes...?

Iba a continuar insultándolos cuando apareció el ingeniero:

—¿Qué hacéis ahí...? Oye, Anazabel, no interrumpas el trabajo de los muchachos.

Anazabel se marchó furiosa llevándose a su hermana de la mano, no sin antes dirigirles una última mirada violenta, a la que el Cubano contestó cantando:

Sardinita de la costa,
te fuiste al mar y encontraste

el pico de la gaviota...

Y dirigiéndose a su compañero, le dijo sentenciosamente:

—Si una mujer te pide un beso, dáselo o no, pero si te pega, zúrrala fuerte.

Aquella tarde comieron en la cocina de la casa y los llevaron a dormir a una barraca sin ninguna clase de calefacción, donde poco faltó para que amanecieran helados.

Cuatro días después acabaron de aserrar los troncos que quedaban en la casa, y al día siguiente, que era domingo, debían ir a un bosque de pinos, visible desde Altamón, en lo alto de la montaña, para ayudar a transportar al pueblo otro lote de árboles. Parecía que el ingeniero quería aprovechar el trabajo de los dos hombres a un bajo jornal, y aunque Gracián no había vuelto a ver a Anazabel, no pensaba como su compañero, que se quejaba a diario del trabajo y de la explotación de que eran objeto.

Gracián hacía alegremente su faena al aire libre, y a las horas en que, según sus cálculos, podían estar las muchachas en la casa, procuraba lucir posiciones esbeltas al aserrar. Le sonreía a su compañero con elegante condescendencia y hablaba con gestos dogmáticos, moviendo la cabeza y aplastando un labio contra otro al final de cada frase. Siempre se colocaba en forma de poder ver la casa, pero cuando sabía que Anazabel se había ido, se desalmidonaba y volvía a ser el hombre de siempre.

El aserrar es uno de esos trabajos que obligan —más que permiten— a pensar en otra cosa; a la hora de practicarlo ya se puede hacer subconscientemente y queda el pensamiento libre para forjar toda clase de ensueños.

La tarde del sábado, estando comiendo en la cocina, vieron entrar a Anazabel, y Gracián pensó que había ido solo para hacerse la interesante, aunque no se dignó a mirarlo.

Habló con la cocinera algo que no entendieron y añadió en castellano:

—Mañana pienso divertirme mucho en el bosque.

Solo al salir pareció fijarse en ellos, y arrugando el entrecejo dijo, con una expresión que quiso ser dura:

—Bien podrían ponerse en pie cuando entra la dueña de la casa.

Gracián enrojeció, y parecía dispuesto a obedecer cuando habló el Cubano irónicamente:

—Yo suelo complacer a las damas cuando me gustan y, aunque usted no está del todo mala, debo decirle que nosotros somos obreros y no domésticos.

—Usted lo que es un grosero y le voy a hablar a mi padre para que lo despida.

—¡Para lo que paga! El daño se lo va a hacer él.

—Lástima que esté echando a perder a su compañero —añadió Anazabel dirigiéndose a la puerta—; si no fuera por él ya estaría despedido.

La emoción había puesto a Gracián ligeramente pálido; se tornó eufórico, tratando incluso de hablar en inglés con la cocinera, pero pensó que ella podía estar oyéndolo detrás de la puerta y calló por miedo al ridículo.

Aquella noche el frío y los ensueños no lo dejaron dormir. Se repetía en voz baja todas sus palabras, y su antipatía de antes por el Cubano, consecuencia de la diferencia de caracteres, se despertó de nuevo. Tenía razón Anazabel; no era más que un grosero que solo sabía lucírselas con las mujeres.

A la mañana siguiente, acompañados del Ingeniero y calzados con *spies*, emprendieron el camino hacia el bosque de la montaña, donde ya los taladores habían tumbado buen número de árboles. Trabajaron hasta bien entrado el mediodía en cargar los pinos para el transporte, y a esa hora les vino a avisar la propia Anazabel, a la cual no habían visto en toda la mañana, para que fueran a almorzar.

Llegó rauda, patinando con sus *esquíes*, pero al llegar se sentó en uno de los árboles talados y comenzó a descalzarse los patines. Mirando para Gracián dijo:

—Espera, me los llevarás y hablaremos por el camino.

Gracián no supo qué responder; el corazón se le crecía dentro del pecho y, como siempre, la emoción se tradujo en palidez. Aquello se parecía mucho a cualquiera de los ensueños que últimamente se había forjado.

Cuando los jornaleros se alejaban, el Cubano, un poco rezagado, le gritó a Gracián:

—No olvides lo que te dije: si una mujer te pide un beso, dáselo o no; pero si te ofende, zúrrala fuerte.

Gracián fue a responderle agresivamente; pero Anazabel, que había hecho como que no oía nada, le interpeló:

—¿Qué haces ahí mudo? Ven y ayúdame a descalzarme esto; siéntate. Parece que eres en extremo asustadizo.

Gracián se sentó a su lado sin decir una palabra ni hacer un ademán para ayudarla; ella continuó:

—El otro día me porté mal contigo. Realmente lo que me merecía era que me hubieras besado. ¡Y pensar que si te lo hubiera pedido en inglés no me hubieras entendido!

—Tal vez sí —respondió Gracián, sintiéndose sobre ascuas—. Usted podría ahora hacer la prueba.

—¡No tendría gracia! Caramba, no eres tan corto como pareces.

Después, dando sus labios como el primer día que se encontraron, dijo algo en inglés que Gracián no entendió con exactitud, pero posó furtivamente su boca en la de ella.

Anazabel se rió, y levantándose, corrió detrás de los jornaleros, que ya no se veían, mientras Gracián se demoraba en coger los *esquíes*.

Ya tarde regresaron al pueblo. Los pinos quedaron sobre los trineos que serían descargados a la mañana siguiente, y Gracián, que deseaba estar solo para gozar intensamente de su felicidad, se fue a recorrer los caminos abandonados.

Aquello era el amor. Tanta dicha le dolía en el pecho. No pensaba en el porvenir; tampoco se le ocurría dudar del amor de Anazabel: todas las inquietudes cedían ante el recuerdo de aquel beso que aún se sentía fresco en los labios.

Además, él servía para otra cosa que para aquella vida que hacía. Pronto lo demostraría. De paso le daría una lección al Cubano, que pensaba que todas las mujeres eran iguales y que el amor les llegaba con desplantes y zurras.

Ya muy entrada la noche regresó al pueblo. Antes de irse a acostar pasaría por la casa de Anazabel, a la que tal vez aún pudiese ver.

Cuando se acercó a la casa, el corazón le latió con violencia. La rodeó; llegó hasta los trineos cargados de pinos, desde donde se dominaba perfectamente el fondo de la vivienda, y viendo una luz, se acercó muy despacio, con las precauciones de un hombre que va a robar. Alcanzó la puerta de los criados y le sorprendió encontrarla abierta, pero al mirar hacia dentro se quedó petrificado, como si todo en él se hubiera roto, paralizado de súbito.

En el mismo sitio donde ellos solían comer, Anazabel gemía, amorosamente, entre los brazos del Cubano.

Un sospechoso

El viejo dijo cuentos muy lindos del cupey y del corojo y de la jutía. ¿Se habrán olvidado?

—Asina somos, como decía mi padre Prudencio, que en paz descanse... A veces los cuentos recurvan como rabo de nube y ya son diferentes a como se fueron, mayormente si vienen retrasados; los cambia el enemigo, los cambia el amigo y el tiempo. A los olvidados, cuando se fue arriero como lo he sido yo, le vienen a unos las ganas de arribiatarlos como a bestias pa que echen palante y se nos aparejen.

El que así decía era tan anciano que el habla se le iba. Era tarde, en el campo, casi en el monte; un bohío, como si subiera por la falda de la loma en que se asentaba, precisamente la soledad.

—Todo esto estaba en mis días cubierto de árboles. Allá se veía un monte. Se acercaban y era un cupey con todas las cuerdas de las ramas bajando para agarrarse a la tierra.

El anciano locuaz se calló. Estaba sentado en un taburete con el respaldar recostado en las yaguas del bohío. Un brazo roto le colgaba a lo largo de la pared, con la mano canija, muerta, como una plomada saliéndole de la manga de la guayabera.

Un pájaro emitió un chillido gutural.

—¿Oyen al arriero?

El piso del bohío era de tablas; el nivel, por el frente de la vivienda, mantenido por unas estacas de ácana que la humedad enrojecía. El piso así sirve de asiento, las piernas descansan colgando en el vacío.

—Oímos, abuelo.

Toda la prole masculina estaba allí, tres hombrones en el remonto de los cuarenta, y el resto, otra generación ya, en la edad de heredar los pantalones. Descansaban la semana. Dentro trajinaban las mujeres en la labor de todos los días.

El abuelo componía un cuento cada vez que veía la ocasión. Empezaba divagando, con alusiones misteriosas, yéndose para atrás, a los tiempos ya remotos, con amagos para que la descendencia lo estimulase. Ahora tenía el cuento en los labios, pero no quería soltar prendas en espera de la solicitud.

—Pregunto si oyeron al arriero. Al socio. A veces, cuando el viento está tornadizo y pasa entre los bejucos, el arriero se confunde. Pienso si el compadre vendrá otra vez con los mulos. Es un pájaro burlón.

—Andan muchos por ahí —dijo uno de los nietos.

—Como ése no, es el padre de todos. Creo que aprendió conmigo cuando yo arreaba el ganao. Una vez me dijo el Viejo: «¿Oyes, Fidel? Te está compitiendo».

Los hijos se miraron. El cuento les estaba dando vueltas; solo faltaba que el padre sacase su fuma y pidiese café. Uno de ellos se decidió:

—Ándele, taita, ¿ya arretrancó el caballo? Pues pida su tacita de café, que lo seguimos.

El viejo, que echaba la mano útil al bolsillo para sacar su torcido de tripa, cogido *in fraganti*, se detuvo. Aquello era una falta de respeto. Compúsose en el taburete y se cubrió los ojos, echándose el sombrero de yarey sobre el rostro.

No sabía por dónde empezar; después que se murió el compadre quería echar la historia que guardaba entre pecho y espaldas, y siempre la dejaba para mejor ocasión.

Había apretado los ojos y, en el recuerdo, cubrió de árboles el paisaje, de palmas, de cupeyes. Lejos, en el fondo, un cuabal. Todo para ver, marchando a caballo, el hombre de quien quería hablar.

Nunca pudo representárselo como lo conoció al comienzo en la juventud. Lo veía subido en sí mismo, viejo y flaco, pero subido; recto de espaldas, con el chivo blanco y la cara rugosa; firme sobre la silla de estribos muy largos, como cuando se tiene que pasar la vida entera montando sobre bestias.

La imagen del jinete creció hasta llenarlo todo, y entonces lo vio como lo había pretendido durante mucho tiempo, más erguido que hombre alguno, con los ojos llenos de luces. Le vio dura la cara como aquel día en que estaban pensando él y su compadre que mejor sería despacharlo de un plomazo.

—¡Carijo! —exclamó arrancándose el yarey de la cara.

—¿Qué le suda, abuelo? —preguntó uno de los muchachos—. Hace rato que lo aguaito y luce usted como con malos sueños.

—¡Que lo vide! —dijo el anciano hablando consigo mismo—. Así mismito era...

—Difunto tendrá que ser —indagó el muchacho.

—¿Difunto? No... —el viejo pasó la mirada de uno a otro de los hijos—. No, no era difunto.

—¿Y qué vivo podrá asustarlo a usted, taita? —indagó el que antes lo había apremiado—. A lo mejor quiere... Dígalo, ¿quiere o no el café?

El anciano, salido de su ensimismamiento, admitió:

—Anda, pídeselo a la vieja. Es lo que yo decía ahoritica. Nos olvidamos de las cosas. Y esto que voy a contarles deberían traerlo los libros para que no se olvide lo que un hombre es capaz de hacer cuando quiere ser hombre entero. Anda, traime el café para abosarme un poco.

Le dio fuego al tabaco, y aún se quedó pensando un rato como si no supiera por dónde empezar. Al fin dijo, poniéndose sobre las piernas el brazo muerto:

—Los tiempos han cambiado, así como antes dije, como este lomerío. Era cuando el español estaba aquí de mayoral y queríamos que se fuera. Ahora lo verán fácil, pero en aquéllos entonces era puro aroma que le cayó al potrero. Por todos estos campos no se hablaba sino de lo mismo. Si dormíamos como si despertábamos. Había que echar al español. Los pobres y los ricos, el libre y el esclavo. Yo creo que hasta las mulas y los pájaros del monte. Pero también había muchos con calambres que no querían pelea y decían: «Apasito se irán, esto ya les da ajitera...». Lo decían adré, por miedo. Sabían que habría que botarlos con los machetes y deso temían. Dellos nos tapábamos como de los españoles, porque el miedo es la cosa más negra que hay. Otros se espantaban con el decir de los esclavos; que si se resolvía el guano los esclavos acabarían por alzarse con el mundo. Algunos lombriceros estaban emplatados por los españoles para coger güiro y echar lo que sabían. Así un día aparecía un muerto de los de acá, y al otro un muerto dellos.

Hizo una pausa disponiéndose a entrar en materia; los más jóvenes se abrazaron a sus propias rodillas acomodando la atención; los mayores ya tenían bastante del anciano para disimular el interés.

—Ahí cerca —si fueran poblanos, para reyirme, diría que a la voz de un montero—, al otro lado de las lomas, había un corte de maderas, y al colono della lo teníamos más que mirado. No se mezclaba mucho con los de la tierra. Si alguno se le acercaba para saber cómo calentaba la idea, se escurría como un abogado de sabana, o se callaba, que tenía el hablar sin baratez. Por el entonces yo no lo veía, pero sabía por los compadres que así era y que apareció de pronto venido de casa del diablo. Alguno de nosotros empesó a decir que sería bueno quitarlo de en medio. La verdad fue que alguien sembró aquella semilla.

El viejo hizo una pausa mirando a la prole, ahora pendiente de sus labios, y sonrió satisfecho entre los pelos del bigote, enmarañados y requemados por el tabaco.

—Huelo a café —dijo.

Lo iba a pedir cuando en la puerta apareció la anciana que se lo traía.

—Mira —dijo ésta, sencillamente.

—¡El tazo! —exclamó asombrado el narrador.

—Te oí. Me pareció que ya era hora después de cuarenta años que volviese a tomar tu café en...

Su compañero le puso un dedo sobre los labios.

—Calla, no me tuerzas el hilo. Aquí tomó café el sospechoso. No, no me adelantes la reata; nos mirarían como cegatos. Muchachos —exclamó dirigiéndose a los hijos—, así como la miran fue en sus abriles la más linda de estos laos. Ande, siéntese para que haga memorias.

Mientras la anciana se sentaba, el narrador sorbió un poco de café y continuó:

—Un día vino mi compadre con mucho apurijo a contarme que había visto al hombre del corte en casa del celador; que le habían contado que el Gobierno le pagaba un sueldo y... Bueno, aquella noche nos reunimos en el sitio de mi compadre y se habló del negocio, pero cada quien echó un decir distinto; uno de los que vino del corte dijo que el hombre era un patriota, que pronto lo veríamos con nuestros mismos ojos. Mi compadre, que estaba por las malas, sostuvo que era un español disfrazado, y terminó diciendo: «Allá los compas, mi nombre es Prudencia». En aquellos días empezaron los tiros, y yo y mi compadre nos arribiatamos con la escolta del gobernador Nonato y del dotor, en la vuelta del pueblo. No todo iba por la guardarraya. El soldado, avisado, nos había caído en el rostro como verraco en la yuca y nadie sabía a derechas qué hacer. Si nos víamos con los que habían quedado en el pueblo de pacíficos, nos decían: «El que no quiere ruido tras de sí no carga el guano seco»; y dichos iguales para ablandarnos. ¡Los lombriceros de toda la vida! En el bajareque del gobernador fue donde vi al hombre tal y como acabo de mirarlo cuando me tapé estos ojos que se van a comer los bichos. Me habían dado mi tercerola y me pusieron a la puerta de Nonato. Dentro se oían voces fuertes. Una del dotor, una de Nonato, la otra no la conocí nunca antes. Subía y después bajaba como si el dueño la enyugase para que no se fuera muy al techo. Al final la puerta se abrió y apareció el hombre que yo no conocía. Si cogen un cativo por el cuello y le miran el fondo de los ojos... ¡Así le brillaban! Encendíos como leña. Y la cara tenía sin color por la bravesa. El dotor y Nonato se ajuntaron en la puerta mientras él salía y echaba unos pasos, hasta ponerse de lado conmigo; después se paró y vi cómo apretó la boca subiéndosele el chivo. Digo que era como para serenarse. Entonces viróse para Nonato y le dijo con ronquera: «¿No podrían darme un práctico?». La cosa fue que tampoco se le daba práctico ni nada. Al fin montó el caballo que tenía encabullao afuera y por un filo estuvo frente a mí como ahoritica se me mostró. En todo lo alto, de espaldas a los palmares que llenaban el sitio, como si fuera a saltarme por encima. De un riendazo refrenó la bestia y se marchó sin decir ni abur. El gobernador iba a meterse en su bajareque cuando me vio y me dijo riyéndose: «¿También tú quieres ser general?». Yo me quedé pasmado sin saber qué aflojarle. «¿No quieres tú también un práctico para que te lleve a mandar las tropas?», volvió a guasear el gobernador. Como yo ya estaba bravo le rebatí: «Yo soy un soldado nada más». «¡Eso, eso mismito es lo que dice él: Yo soy un soldado nada más. ¡Ja, ja, ja...! Pero quiere echar la carreta delante de los bueyes.» Cuando quedé solo se me echó encima mi compadre, que andaba por allí, y me dijo hablando con atropello: «¿Lo viste? Ese es el jombre del corte. ¿Qué querrá levantar por aquí?». Yo recordé los ojos de cativo que tenía el hombre y me asusté; sí que el compadre podía tener razón. Miramos donde había ido y lo vimos a lo lejos, perdiéndose en un cuabal.

El narrador aplastó contra el taburete la punta apagada de la fuma.

—Al otro día —continuó— volvimos a verlo; habían llegado las tropas y él estuvo toda la mañana esperando en la puerta del general. Nadie le hacía atención. Algunos decían que buscaba acotejo con las tropas, pero que quería entrar de mandón; otros, que si era rabón o era pinto, que si tenía vetas de aplateao. Con mi compadre me arrimé para echarle un ojo porque eran muchos los que hacían lenguas y por aquel carcomo que me dio el día antes. Allí estaba como un poeta. El Sol le daba en la cara, pero él no se movía. Cada vez que alguno se echaba fuera de la tienda del general lo miraba con sus ojos de cativo como si esperase que lo venían a llamar. Cuando vía que no era a él, se quedaba quieto, sin importarle la solera, con unos goterones de sudor en la sien. Parecía un acajú de firme y duro. Me preguntó mi compadre: «Compadre Fidel, ¿no le da miedo?». «No sé —le respondí—, en los jamases he visto nada igual.» Y yo vi cómo mi compadre se atortojaba con su tercerola. «Tienen miedo —dijo— si quisiera lo despachaba de un plomazo.» Aterrillaos nos fuimos. Yo arrié el día en otras cosas, pero sabía, no sé por qué rayos, que el hombre se estaba allí plantao, esperando que lo llamaran. Al otro día cogimos el camino. El hombre se me había olvidado en el ajetreo de la marcha que hacíamos como las veredas querían, unas veces más ajuntaos que otras, siempre detrás de los jefes. Mi penco se fue arremolando y yo quedé con los últimos; detrás sentía que iba otro; me volví y allí estaba el hombre, después de todos, duro como un jiquí sobre su caballo, con sus ojos de cativo y el sudor en la sien. Una cosa mala me vino a la idea y me corrió por el estómago; el compadre Prudencio andaba en razón; un plomazo... O arrimársele y decirle: «Oiga, compay, ya que le tienen tanta malquerencia, húyase de aquí, que el mundo es grande». Lo primero no era tanto como abrir un surco sin bueyes, pero, ¿echarle la palabra delante de aquellos ojos? ¿Quién tenía lengua pa tanto? Sentí que me subía un frío por el cogote y piqué al penco para irme más alante.

El narrador hizo una pausa buscando en el fondo del tazo, que había dejado a un lado, un resto de café. Los oyentes, colgados de sus labios, no se movieron, en tanto el viejo trataba inútilmente de que ardiese el apagado tabaco. Continuó:

—Por toda una semana no supe más del hombre. Pensé que había seguido el consejo que no le di y que se había espantado solo. A más, que nuestras cosas estaban pa yerba; los españoles no se habían metido en el surco y hasta algunos de los nuestros se acogían a los bandos. Fue entonces que ocurrió aquella rayera de Pino. Estábamos en una emboscada cuando vimos venir al paisano a revienta caballo. Apenas paró el jaco al vernos. Éramos pocos y él quería contarle el sucedido a todos los montes y sabanas. Gritó: «¡Los tajamos a todos! ¡Están llenos de muertos! ¡Con solo cuarenta lo hizo el jefe!». «¡Viva el general Donato!», gritó mi compadre, alborotao. El mensajero ya había pasao, pero jaló de la rienda y gritó: «Fue uno nuevo, Máximo Gómez... Ahí atrás viene». Así era, verdad, lejos vimos la polvareda de nuestra gente. Todos gritamos; el compadre Prudencio, más rehervido que nadie, se arrancó la camisa para amarrarla al cañón de su tercerola, y todos nos tiramos a la vereda que cerraba un cupey tan grande como un monte. Cuando aparecío el primer jinete, todos gritamos como locos; alante de mí estaba el compadre batiendo su trapo y a miajas me dejaba ver. De momento su voz se rompió y el trapo quedó quieto. En la cara tenía un temblor: «Mire, compa», me dijo. A la cabeza del grupo marchaba el hombre de ojos de cativo, derecho en la silla como un acajú, mirando pal frente, duro y firme como el día en que el general no lo quiso recibir. Mi compadre, apretando su tercerola, me dijo a lo bajo: «Me la tragaría».

El viejo guardó silencio, ahora con humildad, como si la prole fuera un tribunal, y él esperase su fallo. Luego dijo:

—Saben que batí el cobre a su lado las dos campañas. Nunca más me atreví a desembuchar nada, pero yo sé que él lo sabía todo, que me veía en los ojos cuando le hablaba. El día que estuvo en esta su casa y tomó café en este tazo, que hasta hoy nadie había vuelto a ponerse en los labios, yo quise franquearme, pero mudé de la lengua cuando me echó los ojos encima. Ya vuestro taita había perdido el brazo y él me dijo: «Todo tenía que pasar como pasó. ¿Recuerdas el día que hicimos aquella primera marcha? Así son las revoluciones». La vieja dice que lo dijo por mi brazo manco, pero yo sé que fue por lo otro, por aquello de que al principio no le teníamos querencia.

Los héroes

—¡Cuatrero y cobarde! ¡Comedor de huevos fritos! ¡Ladrón! Allí estaba la avalancha, la furia peligrosa y terrible de aquel hombre un tanto esmirriado, de aquel vejete de rostro curtido y fosco, que hubiera parecido próximo a la tumba si no irradiase de él tanta fuerza salvaje, tanta agresividad. La voz ronca se le cascaba al gritar, y el cuerpo, lanzado de un lado a otro de la tienda de campaña, le temblaba; pero de los ojos brillantes, protegidos por unos cristales mal acabalgados sobre la corva de su nariz de águila, se escapaban rayos de energía como si el Sol hubiera cogido al sesgo la hoja pulida de un machete.

—¡Ladrón de ganado! Cada vez que mete una res en el pueblo, ¿qué vende? ¡Vende la revolución! ¡Qué sabes tú de esto, cuatrero? ¿Sabes lo que es la revolución? ¿Sabes qué es? ¿Lo saben ustedes?

El Generalísimo se dirigía indistintamente, ora a sus ayudantes, ora al hombre que, a los pasos de la entrada, hacia el interior de la tienda, se mantenía en una posición rígida, y que a todas luces, a pesar de la impasibilidad de su rostro, era el reo.

—¿Lo sabes tú? —volvió a preguntar, deteniéndose iracundo delante del supuesto reo—. ¿No contestas?

—Sé lo que es la revolución —repuso éste—. Soy insurrecto del 68.

En el fondo de la tienda los ayudantes cambiaron de posición; el Generalísimo se quedó un instante en suspenso, fijos los ojos encendidos en los ojos del que se había atrevido a replicarle y, poco a poco, la mano crispada se dirigió al mango del machete pequeño, corvo y mohoso, que mantenía la salud de la revolución por todo el espinazo de la Isla.

Y con la hoja fuera de la vaina, la voz ronca, balbuciente por la ira, rugió:

—¿Cómo dices, cuatrero?

—Soy de Yara —insistió el reo—. Soy coronel de la revolución y sé lo que ella significa.

Uno de los ayudantes, en el fondo de la tienda, dio un paso hacia adelante, en tanto que, contra el cuerpo rígido del rebelde, caía la hoja corva y mohosa del primer machete de la insurrección.

—¡Cómo! ¿Tú sabes lo que es la revolución? ¡Tú que la vendes! ¡Tú que has metido la carne de la revolución en el pueblo para engordar soldados! ¡Di! ¿Quién te hizo coronel? ¡Dilo! ¡Para degradarlos a los dos! ¡Para colgarlos a los dos! Porque los dos debéis ser iguales, los dos ladrones, cuatreros, comedores de huevos fritos, buenos solo para enseñarle las espaldas al soldado! ¡Dilo! ¿Fue algún cuatrero como tú, de esos que mandé a buscar, no?

—Maceo —dijo sordamente el otro.

—¡Maceo! —el Generalísimo vaciló, y no vaciló, más bien se detuvo para cobrar nuevos ímpetus—. ¿Y qué me dices a mí con Maceo? ¿Esas son las estrellas que te puso? ¡Mira cómo te las arranco! ¿Me quieres meter miedo ahora con Maceo, carroña? ¡Delante de él te haría lo mismo! ¿Maceo? ¡Yo! ¡Yo te las arranco; son de papel! ¡De dedo!

—Estoy ratificado por el cuartel general —insistió el contumaz.

—¡Cállate! ¡Cállate, ladrón! ¡Quédate en atención y cállate, como callado y en atención vas a quedar mañana en una guásima! ¡Cállate! Si sabes lo que es la revolución, vas a saber también quién es el jefe de ella.

Decididamente allí estaba la avalancha. La furia peligrosa y terrible del Generalísimo se había soltado como un alud, y no su lengua solo, sino también el machetín, corvo y mohoso, pero como él agresivo e inflexible, lanzaba ofensa tras ofensa a cual más hiriente y humillante. Las manos sarmentosas del Generalísimo ya habían borrado de los hombros del reo toda sombra de jerarquía y todavía la impasibilidad del degradado perduraba, aunque ya en sus ojos había algo, y en su boca, y en las manos caídas en atención, que no era, ni con mucho, el reflejo de la serenidad.

—¿Coronel? ¡Soldado! ¡Digo, ni soldado siquiera! ¡Carroña! ¡Se te acabó todo! ¡Tan ladrón seguirías siendo de una manera como de otra! ¡Maceo! ¡Ahora parece que se me quiere meter miedo con Maceo!

Los dos hombres estaban frente a frente: los dos eran viejos, los dos semejantes, aunque uno representase en aquel momento la iracundia y el otro el coraje acallado por el respeto. Los dos tenían pelos canos en el rostro; el chivo del Generalísimo, impulsado hacia adelante, agresivo como todo él; el del reo más breve, mas ensortijado, de mestizo. Los dos estaban curtidos por el Sol de la insurrección, los dos templados en el mismo fuego; pero el peso de la responsabilidad le quitaba a uno lo que al otro le daba el sentido de la disciplina.

En el cerebro del Generalísimo, en plena borrasca, algo lo hacía sentirse inseguro: pero era incapaz de reaccionar; además, ya estaba viejo, ya estaba un poco cansado, y la revolución no iba bien; cada vez eran menos, cada vez más cercados, cada día más hambrientos; por momentos más escasos la carne y el plomo, y aun la quinina; todo más agravado por la reconcentración. Y sobre tantas calamidades, los traidores, los carniceros de la revolución, vendiendo el poco ganado que quedaba al enemigo. Tenía que ser inflexible. Las confidencias acusaban a varios jefes que operaban en el Triángulo, y de todos los que mandó buscar solamente había comparecido aquél, que ahora tenía que soportar solo la avalancha, crecida por la manifiesta desobediencia de los otros que, culpables a todas luces, no se atrevían a afrontar la severa sanción del jefe.

—¡Cuatreros! ¡Los voy a pulverizar a todos!

Y reanudó violentamente sus paseos por la tienda; su voz ronca, ya más moderada, dijo:

—Ya sabe lo que le espera. ¿Tiene algo que alegar?

Como estaba de espaldas al acusado, se detuvo volviendo ligeramente el rostro para oír la respuesta que el otro demoró, acaso deliberadamente. El Generalísimo giró sobre sí mismo con nueva violencia y gritó:

—¡Conteste!

—Soy inocente.

—¡No! ¡No! ¡No le digo que niegue! ¡Le pregunto si tiene algo que alegar!

—Alego mi inocencia. ¡Pido la formación de un consejo de guerra!

Las respuestas secas y breves, más la impasibilidad del rostro del interrogado, excitaron de nuevo al Generalísimo, que saltó hacia él enarbolando el machete.

—¡Qué dices! ¿Niegas mi autoridad? ¡Mi autoridad! ¿Hace falta consejo de guerra para un cuatrero? ¡Ya harán consejo con tu carroña las tiñosas!

El machetín pasaba y repasaba delante de los ojos impasiblemente duros del acusado, cuyos maxilares, bajo la piel veterana, se precisaban contraídos por la violencia contenida. Una gruesa gota de sudor se desprendió de su frente y rodó hasta el bigote cano.

—¿Sudas? ¿No eres guapo? ¿Por qué te hizo coronel Maceo?

Se volvió hacia los ayudantes y preguntó a uno de ellos:

—¿Cómo pudo sorprender a éste, capitán? ¿Cómo pudo traerlo?

—No lo sorprendí mi general —contestó el oficial interrogado—. Le encontré entre sus fuerzas y le comunique la orden del cuartel general.

—No sospecharía de lo que se trataba.

—Lo ignoro.

—Está bien; usted nunca sabe nada; además, yo no se lo he preguntado.

Una vez más el Generalísimo reanudó su paseo nerviosamente. Algunas frases ininteligibles y roncas se escaparon de sus labios.

No se sentía seguro. Sin saber cómo, había vuelto a su vaina el machetín corvo y mohoso que poco antes había subrayado cada una de sus palabras. Dos veces se detuvo delante del hombre que cerca de la entrada de la tienda permanecía rígidamente en atención, y dos veces tornó al paseo sin proferir una palabra. Los ayudantes permanecían quietos, también en atención, cambiando de vez en cuando una rápida mirada; afuera, en el campamento, todo era silencio, como si se supiera que en aquel instante se estaba decidiendo sobre la vida de un jefe. Las cejas pobladas y blancas del Generalísimo formaban un solo arco hirsuto y agresivo, que de una tos seca quebró por un breve instante. De súbito se detuvo delante del oficial que había hablado antes y ordenó:

—Que venga el jefe de la escolta.

Mientras esperaba, se acercó a su mesita de campaña, se inclinó sacando de bajo ella el galón de ron que nunca le faltaba, y llenando un vasito lo apuró de un trago.

—Presente, mi general —dijo un oficial entrando en la tienda.

El jefe se le quedó mirando como si no lo viera, a la vez que encerraba en la palma de la mano el blanco chivo que acarició repetidamente.

—Éste... —se interrumpió, mientras que con el pulgar de su diestra se le quedó señalando por encima del hombro—. Éste, entrégueselo a las avanzadas; lo quiero siempre en primera fila, bajo el fuego.

El jefe de la escolta dio un paso atrás disponiéndose a cumplir la orden.

—¡Espere...! Si intenta fugarse, que le tiren por la espalda. ¡Y nada de armas! Si las quiere, que se las coja a los españoles. Ya puede irse.

En la tienda parecía haber entrado un poco más de claridad, y que ésta no era ajena al rizo de la sonrisa irónica que movió los labios del jefe degradado en el momento en que, después de saludar reglamentariamente, siguió al jefe de la escolta.

Aquella misma tarde, cuando las guerrillas regresaban al campamento, el nuevo soldado, que había salido a pie, tornaba jinete en un mal caballo; hombre y cabalgadura lucían fatigados; ambos, el hombre y la bestia, abatían sus cabezas envejecidas y cansinas como si regresaran de una derrota. El soldado marchaba separado de sus compañeros, como si aún no hubiera perdido la costumbre de andar como jefe, delante de los demás, de guía. Ya cerca del campamento, sobre el lomo de la última colina, las luces del ocaso, rojas, le hicieron un fondo de llama que destacó rotundamente la silueta del guerrero desarmado.

—Es un león —dijo un insurrecto.

Los demás se volvieron hacia el hombre que había sido capaz de admirarlos a ellos, tan hechos a todo lo heroico.

—Es suicida, mejor; parece que busca que lo maten.

—¿Qué dirá el viejo?

—Diga lo que diga, se ha encontrado un hueso duro.

La guerrilla avanzaba sobre el campamento; al llegar comenzó a orillarlo buscando la aguada de los caballos; hacia la derecha le quedaba la tienda del Generalísimo, a la entrada de la cual, éste, como si atendiese al regreso de las avanzadas, observaba el paso de los jinetes en ojillos llameantes. Al ver entre la tropa, desarmado, al nuevo soldado, una sonrisa irónica se mezcló entre la maraña cana de sus bigotes, se acarició repetidas veces el chivo, y dijo despectivamente:

—Yo, por lo menos, me hubiera buscado una estaca. Habrá que mandarlo con la impedimenta.

Emitió un gruñido gutural, alzándose sobre la punta de los pies como si tratase de estirar el cuerpo ya harto erguido, y tras una ligera indecisión, se dirigió hacia los insurrectos que llegaban, y que se detuvieron respetuosos al verlo acercarse.

—¿Le enseñaron mucho las espaldas al soldado, sargento? —le preguntó, burlón, al jefe de guerrilla.

—No, mi general; nos los topamos y tres de ellos quedaron tirados en el monte; este hombre que usted nos mandó sabe lo que es pelear; él solo lo hizo todo.

—¿Con los dientes?

—No mi general; le sacó a uno de ellos las armas y...

El sargento que hablaba se detuvo dubitativo, como si temiese comprometer al mismo que elogiaba.

—¡Acabe! ¿Y qué?

—Cuando acabó la pelea las rompió.

Detrás del que hablaba, entre los rostros emocionadamente impasibles de sus compañeros, se opacaba al cansado y envejecido reo de la mañana, nuevamente reo ahora, según las apariencias.

Los ojillos brillantes del Generalísimo se movieron del sargento al viejo soldado, una y otra vez, como si tratase de comprender; al fin, a duras penas, como mortificado por haberse ocupado de aquel asunto, dijo:

—¡Que las rompió? ¿Y por qué?

—Eso mismo me pregunto yo, mi general.

—¡Responda! —exclamó el Generalísimo dirigiéndose súbitamente al interesado.

—Si me lo permite, mi general —repuso el interrogado tratando de disimular su cansancio—; no me gusta pelear dos veces seguidas sino con armas mambisas.

La garganta del Generalísimo dejó escapar de nuevo el ronquido que le era peculiar; sacudió bruscamente la cabeza, se ajustó bien los lentes, y dijo, echando hacia adelante el chivo ya agresivo por la prominencia del maxilar.

—¡Bah! Cosas de loco; esas armas eran ya de la revolución.

Y girando mecánicamente, se volvió a su tienda, entró en ella, cogió de bajo su mesa de campaña el galón de ron, y llenando un vaso, lo apuró después de chasquear la lengua ruidosamente miró hacia el ayudante, que al verlo entrar se había puesto en atención, se pasó la diestra por la amplia frente, y con voz más ronca, como si tratase de condenar, exclamó:

—¡Dígale a ese, a ese de por la mañana, que se conforme con ser subteniente. Que se arme.

Afuera se había puesto ya el Sol; un canto de soldado se dejaba oír a lo lejos, aunque aquella tarde habían comido solamente tripa de corojo.

Muchos días semejantes pasaron aún para la insurrección; de la Metrópoli llegaban soldados y soldados, cuyas columnas cruzaban todos los caminos que el ansia de libertad de unos pocos ramajeaba en la tierra virgen; el esfuerzo se hacía más glorioso en el anonimato de una guerra de escaramuzas; el Generalísimo tenía necesidad ahora de cambiar frecuentemente de campamento, siempre avizor, con las miradas relampagueantes tras los cristales de sus lentes de hombre civil.

Un día de aquellos, las tropas insurrectas culebreaban colina tras colina en busca de asiento. Marchaban cansadas y silenciosas, bajo el peso de la noticia que más aceleradamente hizo latir el corazón de los hombres en la manigua: Maceo había caído.

El Generalísimo marchaba al frente de sus tropas, bien plantado sobre su caballo, con la mirada más dura y brillante, con los pelos del rostro aún más blancos e hirsutos. Él sabía bien lo que se había perdido, pero no decía nada; otros hablarían después que la guerra terminase; él solo estaba allí para seguir adelante, hacia la República.

Detrás de él, no tan erguido, con la cabeza abatida sobre el pecho como el día que regresó de la pelea, sin armas, otro viejo marchaba cansado y silencioso. El Generalísimo, que había detenido su cabalgadura juzgando el terreno propicio para acampar, se fijó en él. Las miradas de los dos viejos se encontraron.

—Mala noticia —dijo uno en voz baja.

—Mala, mi general —respondió el otro.

—Maceo hacía bien las cosas, *coronel*.

El otro rectificó:

—Comandante, mi general.

—He dicho, coronel, que Maceo hacía bien las cosas.

Los dos viejos se miraron intensamente, los dos serenos y graves; por fin, el menos erguido de los dos repuso:

—Con su permiso, mi general. Maceo nunca hizo coronel a ningún ladrón de ganado. El generalísimo Gómez, emitiendo su gruñido, se apeó del caballo, dio la orden de acampar y contestó:

—Yo tampoco.

Y comenzó a caminar; el Sol en el ocaso, grande y rojo, alargó su sombra, infinitamente, como si pretendiese cubrir con ella toda la Isla; otras mil sombras se alargaban en el llano. Después, el campamento se perdió en la noche, sin una sola canción, en espera del alba.

Un insurrecto

El capitán se alzó sobre los estribos, y llevándose una mano a los ojos a modo de pantalla, oteó el horizonte. Delante de él se extendía la sabana sin fin y, hacia su derecha, el pueblo lejano donde ya comenzaba a encenderse alguna que otra luz apenas visible en las claridades demoradas del crepúsculo. A sus espaldas, separadas de él por maniguazos, yuraguanos y campos de ortigas, se echaba, como una mole cansada, la loma La Vigía, de la que acababa de escapar gracias a la fortaleza de su caballo.

Estaba completamente solo; por estarlo más ni el rifle le quedaba, perdido en la huida; ni podía contar siquiera con su montura, que apenas se mantenía en pie bajo su peso. Le acarició el lomo empapado en sudor, e inclinándose sobre ella, le dijo entre tierno y conmovido:

—Nos escapamos, Inglés.

Después, dándole cuenta de que su cabalgadura no se sostenía, se apeó, le quitó los arreos y, ocultándola entre unas matas de tibisí, emprendió el camino a pie hacia la loma donde las fuerzas enemigas lo habían sorprendido.

Era valiente, pero aquella soledad le imponía, y además estaba en la obligación de buscar a alguno de los suyos que se hubiera salvado en la dispersión.

Aquella vez su experiencia no le había servido de nada. Él y sus tres subalternos marchaban en busca de *la confidencia*, donde debían encontrar medicamentos para la tropa diezmada por las palúdicas, sin contar que él llevaba una misión especial que era el verdadero motivo del viaje. Les soplaba de frente, es decir, de la zona enemiga, una fuerte brisa que seguramente les advertiría de cualquier peligro antes de que su presencia fuera notada. Y así marchaban con el paso demorado, cuando uno de sus hombres, que iba detrás, interrogó:

—¿Oyen?

Todos pararon en seco sus bestias.

—¡Un tropelaje! —dijo otro de ellos.

El capitán miró hacia todos los lados, y de pronto, al sentir detrás de sí el estruendo de la caballería, hundió las espuelas en los ijares de su caballo dando un grito de alarma. Todavía vio cómo relampagueaban en el aire los machetes, y cómo a Juan, su ordenanza, lo cogía un soldado por la canana y lo volteaba del caballo.

Ya el suyo se había abierto en la carrera: de un salto limpio se llevó unas matas de guao que se atravesaron a su paso, y lanzándose por la ladera de la loma, se enfrentó con los barrancos pedregosos que la cortaban casi perpendicularmente. El capitán cerró los ojos; por unos instantes estuvo en el aire fuera de la silla, pero el nuevo impulso del animal lo salvó, y sin esperárselo, se vio galopando a una velocidad imposible por sobre los cascajos de la sabana. A sus espaldas el tiroteo era nutrido. Se volvió y alcanzó a ver, coronando el barranco, a los tiradores enemigos haciendo fuego sin atreverse a seguirlo por el camino suicida.

Y ahora regresaba, después de cinco horas, para ver si quedaba alguno de los suyos con vida o por lo menos echarles unas cuantas piedras encima para evitar que fueran pasto de las auras. Ya cerrada la noche se internó en la loma. Por avezado que estuviera en el peligro, el aislamiento en zona enemiga, la posibilidad de una emboscada y la idea de encontrarse a sus soldados descuartizados por el machete de los guerrilleros, lo predisponían al temor. Apenas veía a dos metros de distancia, y a un lado y otro los matojos le asemejaban a cada instante guerrilleros en acecho. Gruesas gotas de sudor le corrían por la frente, y ya no sabía si prefería aquella soledad o la presencia de la guerrilla.

Llegó al lugar de la sorpresa y, no viendo ningún cadáver, la esperanza le creció; ahuecando las manos a modo de bocina, gritó a la oscuridad:

—¡¡¡Juaaan!!!

De la selva brotó un grito múltiple —como si estuviera toda poblada de enemigos— que lo hizo saltar hacia atrás rodando por el suelo. Ya iba a sonreír, precisando dentro de su temor que había sido el eco quien le había contestado, cuando se notó encima de algo blando y viscoso. Súbitamente tuvo la impresión de que había caído sobre un cadáver y sin apresurarse, con esa resignación inconsciente que procura lo fatal, se echó a un lado.

Y allí estaba Juan, casi descuartizado, como si «el tropelaje» que fue el primero en precisar le hubiera cruzado por encima, destrozándolo. Y allí, con él, se quedó el capitán hasta el alba, encaneciendo, sintiendo sobre su ánimo, hasta aquel día esforzado, el tropel del miedo.

Con los claros del día comenzó a buscar piedras con que cubrir el cadáver, y ya había hecho un buen acopio de ellas, cuando notó en una de las manos del muerto un papel que le llamó la atención; lo tomó y leyó:

«Dígame al generalito que mande a buscar la quinina a la farmacia del pueblo, pues difícilmente la encontrará en El Tambor.»

La sorpresa se retrató en el rostro del capitán. Precisamente en El Tambor estaba *la confidencia* —es decir, el lugar que sirve de punto de contacto entre los revolucionarios y sus amigos del pueblo—; a él se dirigía a buscar las medicinas. Aquel papel puesto en las manos del cadáver quería decir no solo que *la confidencia* había sido descubierta y probablemente arrasada, sino que en todo aquello había un traidor, lo que también confirmaba las sospechas del general, que lo enviaba a él, con el pretexto de buscar los medicamentos, a investigar quién era el confidente del enemigo.

Más intranquilo aún después de este descubrimiento, se apresuró a cubrir con las piedras recogidas el cuerpo de su compañero, y ya se marchaba cuando, entre unas matas de espartillo, vio otro pedazo de papel que se apresuró a recoger. Esta vez su rostro se cubrió de palidez. Como si dudase de la evidencia se pasó la mano por los ojos y volvió a mirar con detenimiento lo que le había producido tanta emoción.

—Entonces..., ¿era cierto? —dijo en voz alta—; no cabe duda de que es la misma letra del alférez Román... Su misma letra.

Y apresurando el paso en busca del sitio donde había dejado su caballo, siguió mirando el pliego que tenía en las manos y que representaba un plano. Después, uniéndolo con la nota encontrada en poder de Juan, comprobó que ambos pedazos correspondían al mismo pliego. Pensó que el segundo que había hallado, o bien fue tirado al azar, o bien se perdió cuando, para escribir la nota de burla, lo partieron por la mitad. El capitán no salía de su asombro. Ya no le cabía la menor duda de que el alférez Román era el traidor. Hacía dos días, cuando el general lo había llamado para confiarle aquella misión que le repugnaba, lo había defendido:

—Eso no es sino una calumnia, general; ese hombre es demasiado valiente para ser traidor. Aquí se le tiene envidia; no le falta comida, no le faltan mujeres, pero, ¿cuál es el que tiene tanto corazón como él para conseguir lo que desea?

Callaba, para no comprometer su defensa, que él incluso le debía la vida. Y ahora, de súbito, cuando menos lo esperaba, le caía en las manos aquella prueba irrefutable, precisamente cuando su gente había sido víctima del traidor, cuando él mismo había escapado de milagro.

Ya a caballo siguió estudiando el plano encontrado; en él, partiendo de Villaclara hacia el Norte, estaba el camino de Hatillo; a un lado del camino, la finca de Longino Ruiz; separada por el camino, a su lado, la de Gonzalo. Partiendo de Hatillo hacia el Este, se veía la bifurcación del Arenal que atravesaba la finca de don Goyo Ruiz, padre de los anteriores, e iba a perderse orillando El Tambor —donde estaba establecida *la confidencia*—, en los realengos entre los cuales se iniciaba la Vereda de los Alambres, serventía de la finca de don Benito Pérez. La zona de *la confidencia* estaba denunciada por una cruz, y asimismo todos los pasos y «gateras» que conducían a ella. Una cruz marcaba también el inicio de la Vereda de los Alambres. En cambio, el otro paso más al Norte, donde el camino de Hatillo y el río Yabú coincidían, no estaba señalado. Una serie de notas completaban el plano, al final de las cuales había una última escrita con una letra que para el capitán era desconocida.

Guardó el plano en uno de los bolsillos de la guayabera y siguió el camino hacia la zona vigilada. Ahora, con doble motivo, tenía que cumplir su misión. Ya no contaba con los auxiliares que el general le había dado, pero su convicción le parecía más efectiva que todos los auxiliares juntos. Si no podía conducir vivo al traidor hasta el cuartel general, conduciría el cadáver cruzado en la grupa de su caballo, o por lo menos su cabeza, pues no era cosa de fatigar demasiado a Inglés con el peso de tanta inmundicia.

Por las precauciones el camino se hacía largo, y ya atardecía. Evitando todos los lugares señalados en el plano, llegó al camino de Hatillo. Comprobó que *la confidencia* de El Tambor había sido arrasada, y retrocedió hasta la finca de Longino, donde esperaba encontrar algún amigo. Allí supo que el alférez Román se encontraba enfermo en uno de los rincones de la finca, en un rancho disimulado entre júcaros y palmas canas, y ordenó que lo llevaran hasta él. Por el camino había pensado que debía emplear la astucia si no quería fracasar, ya que no tenía a nadie consigo, y no sabía tampoco con quién podía contar en caso de resistencia.

—¿Qué hay, Román? —dijo al entrar.

El alférez estaba echado en el suelo sobre una estera; por encima de la ropa y aun en la oscuridad del rancho se notaba fácilmente que estaba enfermo.

—¡Salud, capitán! ¿Qué te trae por aquí? Yo esperaba que viniera alguien, pero nunca se me ocurrió que podrías ser tú.

—¿Y qué podría importar que fuera yo o cualquiera otro, Román?

—Hombre... siempre es peligroso venir a esta zona, y yo preferiría a cualquiera de los otros y no precisamente al único al que le tengo amistad. ¿Qué tal de camino? —dijo, después de una pequeña pausa.

—Mal. Me mataron a tres hombres y entre ellos a Juan, mi ordenanza. Yo escapé por un milagro que realizó *Inglés*.

Román no hizo gesto alguno. Solamente dijo:

—Ya ves cómo tenía razón en preferir que viniera cualquiera de los otros.

—En todas partes hay peligro. ¿Qué pasó con El Tambor?

—Lo arrasaron hace dos días los españoles. Yo había salido a buscar un confidente a pesar de encontrarme bien malo. A la Fundora le llevaron al moño de un balazo... —hizo una larga pausa y de pronto añadió—: capitán, ya me duele esta guerra de la que no veré el fin. Tengo deshechos los pulmones. A ti, que eres mi amigo, te lo puedo contar todo; te salvé la vida, ¿no? Si pudiera me presentaba...

—¿Con traición?

—¿Y por qué con traición? ¿Ya piensas como los otros? Sé que me has defendido en varias ocasiones de habladurías, por eso te tengo amistad.

—Bueno, dejemos eso. ¿A dónde ha sido trasladada *la confidencia*?

—A la finca de Benito Pérez. ¿Piensas ir?

—Sí, y espero que me acompañes; llegando allá te sentirás más atendido.

—Tal vez. Yo en el monte no tengo salvación. ¿Cuándo partes?

—Enseguida.

—¿Qué camino piensas tomar?

—El del Arenal, atravesando la finca de don Goyo y El Tambor hasta la sabana.

—Me han dicho que hay una guerrilla regada por ahí. Ve mejor por «Dinamarca» a cruzar el río Yabú y te acompañaré.

—No, me es imposible. Tengo que ver a alguien por el camino. ¿Quieres venir conmigo?

—Por ahí no te acompañaría nadie, capitán; te advierto que difícilmente llegarás si te empeñas en seguir ese camino.

—Hablaba con cierta premura bajo la mirada investigadora del oficial.

—Pues, chico, no puedo seguir otra ruta que ésa, pase lo que pase; no es un capricho.

—¿Y si yo te dijese que vas en busca de la muerte?

—La seguiría lo mismo. Ya te he dicho que no es un capricho mío.

El alférez se quedó meditabundo.

—Bueno, allá tú. Yo he hecho todo lo posible por disuadirte. Si llegas, me encontrarás mañana allá. Oye —dijo de pronto—, llévate mi capa. Veo que estás desabrigado, y yo podré encontrarme otra por aquí. Además, te presto mi caballo; no tiene nada que envidiarle al tuyo y basta con que lo sueltes para que te lleve solo a la Vereda.

—Tú sabes, Román, que *Inglés* también conoce el camino.

—Pero está cansado. Yo lo montaré una hora o dos después que tú, más fresco ya, sin contar que apenas tengo peso.

Otra vez el capitán se le quedó mirando profundamente. No sabía qué sentir ante el interés de aquel hombre en evitarle la muerte. Enterado de todo, le era fácil percibir la angustia en las palabras del alférez. Y aquello le gustaba. Olvidaba su misión, sus compañeros muertos, *la confidencia* arrasada. Pero fue solo un instante. Dijo:

—Bueno, compañero, llevaré tu capa y tu caballo. A lo mejor me sirven de resguardo.

El alférez lo miró interrogante. Pero el rostro del capitán estaba impasible; solo dejó traslucir una sonrisa que acaso era sinceramente amiga, aunque las comisuras de los labios terminaban en un rasgo demasiado enérgico. El alférez insistió:

—Te voy a dar un último consejo. Un confidente me ha asegurado que el santo y seña de la guerrilla que opera en la zona que tienes que atravesar es: «Fuego en El Tambor». Si te dan el alto, no te detengas y responde con esa contraseña.

Una hora después, el capitán, vestido con la capa del alférez y montando su caballo negro, se alejó en la busca de *la confidencia*; pasado algún tiempo lo siguió, por el camino del Norte, el alférez Román.

Tres veces en el trayecto le dieron el alto al capitán, y las tres veces el santo y seña le abrió el paso. Ya en el alba llegó a la nueva *confidencia*, donde se extrañaron de verle vestir aquella capa conocida por todos y montando el caballo del oficial enfermo.

—He oído decir que en el cuartel general se desconfía del alférez Román —dijo Fundora—; por allá quieren saber demasiado, y mientras tanto, uno aquí perdiendo hasta el moño.

Todos miraron al capitán, pero éste solo dijo:

—No sé; no participo de esas desconfianzas. Estoy seguro de quién es el alférez. Él me aseguró que llegaría hoy aquí y me prestó todo esto, y en cambio, yo le dejé a *Inglés*. Tomó por el camino de «Dinamarca». Si llega, me tendrá que acompañar al cuartel general; si no, me iré solo. A lo mejor —añadió— le habrá ocurrido algún percance en el camino...

Aquella tarde todos se sorprendieron viendo llegar a *Inglés* sin jinete, con la silla manchada de sangre. Como si esto fuera lo único que esperaba el capitán, ensilló el caballo negro, se puso la capa sobre los hombros, tomó a *Inglés* del cabestro y, bajo las miradas desconfiadas de los insurrectos, se dispuso a emprender el camino hacia el cuartel general...

Ya montado en el caballo, dijo:

—Tengan cuidado; los españoles han tomado todas las salidas de *la confidencia*; el santo y seña de ellos es «Fuego en El Tambor». Salud.

Después de caminar un largo trecho, sacó del bolsillo de la guayabera el plano encontrado y leyó en voz alta la nota escrita con una letra que no era la del alférez:

«Vigílese también cuidadosamente el paso del río "Yabú" en el camino del Hatillo y la finca Dinamarca.»

El capitán rompió en pequeños pedazos el plano, y siguiendo su marcha, lo regó en la manigua. Al día siguiente, al llegar al cuartel general, se cuadró delante de su jefe y dijo:

—General, ratifico mi juicio sobre el alférez Román; ha muerto como un valiente en el paso del río Yabú. Era un insurrecto.

Los imponderables de Pedro Barba

El jefe de la brigada se irguió sobre los estribos y miró, lo más lejos que pudo, hacia donde había partido la cabeza de la columna, cuyos primeros hombres apenas se distinguían ya en la claridad naciente del día. Después echó una mirada grave a la escolta que lo rodeaba y dijo sencillamente:

—Vamos.

Estaba en lo alto, sobre un ligero declive de la loma, en cuyas laderas había pernoctado la columna, y, al bajar en el caballo que jineteaba, se echó muy hacia atrás, manteniendo el equilibrio, tirando de las riendas para que la cabalgadura no se fuera de boca. La escolta lo siguió, y al llegar al limpio hubo un gracioso y breve escarceo de bestias. Pedro Barba, el ayudante, que no gustó de detener el impulso de su caballo, trotó unos cuantos metros y después se volvió sujetando al bruto, que se quedó apezuñando la tierra, nervioso e impaciente.

—Pedro Barba —dijo entre dientes el jefe.

Como si aquél fuera oído, se apartó un tanto de la «gatera», agitó su sombrero de guano, en señal, al grueso de la columna que venía a la retaguardia, y apareóse al grupo de la escolta, casi al lado del jefe, sin decir una sola palabra.

La segunda brigada del Cuarto Cuerpo de Las Villas se ponía en marcha en su quinta jornada. Atrás quedaban el Guamá, Loma del Pájaro —donde se había combatido—, Sabanas Nuevas, Pirindingo, Barrabás, Masgüira y el Corojo. Una serie de rápidas marchas, sin objetivo preciso, que hizo decir a un insurrecto:

—El general parece que no quiere que nos salga moho. ¡Otra vez al jamelgo y sin un traguito de café!

Y el general tenía la expresión cerrada. Desde la tarde anterior no abría la boca sino para lo preciso; pero ahora, ya en marcha, aprovechando que su ayudante trotaba a su lado sin más gente cerca, le preguntó:

—¿Qué dicen?

Pedro Barba llevaba toda la campaña al lado del jefe y comprendía este lenguaje. Contestó con intención:

—Comentan.

Se quedó pensando en el informe que iba a dar y añadió:

—Desde Loma del Pájaro ya no creen en lo de la «suspensión de hostilidades» que han hecho correr los «majases». La última duda la borró la acción contra el tren de Encrucijada. Pero ahora...

—¿Ahora qué?

—Ahora ellos dicen: «Viene el americano».

—¿Y?

—Verá. El sargento Abigail me preguntó: «¿Qué quiere el gringo?». Como yo lo miré sin contestar, dijo: Se equivoca si se figura que nosotros le hemos estado «ramajeando» el camino. Estaba también Palmero, el remediano, y le pregunté: «¿Qué dices tú a eso?». Palmero me respondió: «Corojo que pele, me lo quiero comer yo». Jefe, ésos hablan en nombre de la tropa. Parece que a la gente no le acaba de gustar el «tutor».

—¿Y tú qué dices, Pedro Barba?

—Yo también hablo en nombre de la tropa, jefe.

—¿Y qué dices?

El general hablaba severo, pero Pedro Barba no se inmutó:

—Digo..., lo que mi abuelo: «Dame mejor enemigo manco que amigo con garras».

—¿Y el hambre de la tropa, Pedro Barba?

—Lo mismo le pregunté a Palmero. Él no me contestó nada a viva voz; se sacó la faja y me la enseñó: le había hecho agujeros desde la punta del cuero hasta la misma hebilla.

Es lo imponderable. Tienen hambre, pero son celosos de su obra. Parece que seremos libres.

—La guerra no se hace solo con celos, Pedro Barba. El mando tiene que pesar el pro y el contra.

—Bien, que pese entonces la faja y el corojo de Palmero.

—¿Y también las palabras de tu abuelo, supongo?

—¿Por qué no? Era un hombre del 68. Murió sobre la yerba.

—¿Y si la ayuda fuera impuesta?

—Que es impuesta lo «saben» todos; por eso piensan así.

—¿En la ciudad? Cuando entreguemos los machetes seremos igualitos a cualquier «majá» de esos que miran la manigua desde el pueblo, moviendo la cabeza y diciendo que estamos locos. Aquí hacemos correr al soldado delante o detrás de nosotros. Mientras Palmero parte sus corojos y le da tirones a la faja, la gente de la ciudad está aprendiendo a vivir. Nosotros vamos a quedar para contar mentiras.

El jefe se movió sobre el caballo, casi iracundo:

—¿Mentiras?

—Mire, jefe —insistió Pedro Barba—, ya lo veo a usted viejo y echado a un lado, diciéndole a los críos: «Niños, este hombre que veis aquí, fue una palma muy alta. Un día, yendo con Pedro Barba, en las márgenes del Yaguanabo...». Y vendrá la mentira. Primero, porque tendremos algunos años por delante para hacer cuentos y las verdades se nos habrán gastado; y después, porque la guerra no se puede contar tal como es. La gente la cree una sucesión ininterrumpida de hechos heroicos. El héroe debe ser un hombre muy grande, montado en un hermoso corcel, con armas relucientes. ¿Qué podrá usted ofrecer en cambio a la imaginación de sus paisanos?

¿Las anécdotas de Abigail o de Palmero, o las de mi abuelo? Les parecerán cuentos graciosos. Usted, yendo ahora camino de la costa a recibir al gringo, con sus setecientos hombres desharrapados, hambrientos y malhumorados, mientras su cara endurecida no dice lo que oculta por dentro, montado en un pobre criollo; con su tercerola sin tiros, en el arnés, y al cinto el viejo machete desmancado, ¿es un héroe...? ¿Es un héroe, inquiriendo lo que dicen sus hombres, pensando en lo que será de la patria, protegida a la fuerza? No, la gente no comprenderá lo heroico de dejar la casa pequeña y acariciante para trocarla por esta grande de la manigua, a veces tan inhóspita. Es demasiado sencillo para no tener que contar mentiras desde el rincón que la paz nos reserva.

—Estás exagerando, Pedro Barba.

—No exagero, digo lo que será, aunque también sé que cuando hayamos desaparecido todos, cuando ya no quede memoria real de nuestras personas y de nuestros hechos, nos crearán historias llenas de gloria, de acciones maravillosas. Cualquier reparo que se nos haga, aunque sea aparentemente justo, se tendrá por una grave ofensa a la patria. Lo llenaremos todo. Nos pintarán montados en hermosos corceles. Los hombres más notables se dirán nuestros descendientes. Nos levantarán estatuas. Seremos entonces, y solo entonces, los fundamentos de la patria, los libertadores. Como ve, es un hermoso destino.

—¿Les hablaste así a Palmero y a Abigail?

—¡No! Hubieran dicho: «Al pobre Pedro Barba lo volvió loco el hambre». A ellos les dije: «Son ustedes unos mentecatos que se meten en lo que no les importa. Con fajas agujereadas, pomarrosas silvestres y corojos pelados, no se le gana "al soldado"; si el gringo quiere quedarse en casa a la brava, volveremos a coger la manigua». Y la verdad, jefe, no parecieron muy convencidos.

Las últimas palabras quedaron flotando en el bochorno del día y en la ternura que había roto los duros ángulos del rostro del jefe. La columna estaba ahora en plena sabana. Lejos, por delante, se veía la mancha negra de la vanguardia que levantaba al cielo una demorada nube de polvo; detrás, mucho más cerca, galopaba el grueso de la columna, los hombres con hambre, que hacía tres años asestaban golpe tras golpe al poder de la metrópoli obstinada.

Ya no estaban en el primer tiempo de la guerra; ahora los bohíos que se encontraban habían sido abandonados y lucían en ruinas; el plantío era puro terrón sabanero; todo, campo muerto, sin la gracia pródiga del surco, sin el escándalo familiar del animal doméstico. El insurrecto había tomado el color de la tierra reseca, y el alzamiento, que comenzara en gestos heroicos, trocóse en lucha sorda y esforzada, con sus fiebres palúdicas, sus heridas agusanadas y el hambre roedora.

Ahora venía el tutor peligroso, que se había colmado la bandera con estrellas de tierras vecinas, cuando ya «el soldado» no podía ganar y el insurrecto había paseado por la isla, de punta a punta, el brillo del machete mambí. Los hombres de la guerra soportaron bien los golpes duros. En Dos Ríos y en Cacahual habían caído los dos grandes jefes, pero al estupor producido siguió, acrecentada, la voluntad de la lucha hasta el fin.

La columna que ahora avanzaba, atravesando sabanas y pastizales rumbo a la costa, a recibir la primera expedición interventora, había sido cogida por el hambre. En aquellas circunstancias, el jefe de la brigada recibió la orden de moverse hacia la costa, lo que cumplía en medio de comentarios y rumores.

Quedaron por los flancos Las Nueces, Vega del Gato, Cuchilla de Mabujina, El Quirro, Sumidero, Asiento de la Siguanea. Las fuerzas insurrectas se concentraban sobre las lomas de Trinidad, en un alarde de poder que impresionara al aliado recién aparecido.

Mientras tanto, el hambre crecía. Eran muchos los hombres sobre aquellas tierras peladas, pobres, en su hermosura del trópico, por la voluntad del enemigo; pero los insurrectos no se dolían demasiado en la calamidad. El jefe, aparentemente imperturbable, seguía la marcha. Diariamente, su ayudante Pedro Barba le rendía el parte: «Hoy hemos perdido tantos hombres». El jefe, de piedra, parecía no enterarse. Ya en la última etapa, dejó pasar la columna delante de él. A pie, apoyado en su montura, observó detenidamente a sus hombres; de vez en vez decía el nombre de alguno de ellos, en voz baja, haciendo un movimiento casi imperceptible con su brazo, como si fuera a contestar el saludo de los suyos. Era una teoría de hombres famélicos, de rostros angulosos y renegridos por el Sol, que le sonreían. Cuando pasó el último, montó su caballo y les trotó al lado, en silencio, adelantándolos, sin volverlos a mirar ya, la vista fija en el horizonte, el cuerpo muy erguido y en la cara su gesto de piedra.

Unos pasos detrás de él trotaba Pedro Barba, imitándole la actitud, pero con el rostro más móvil, casi sonriente. Así entraron en el erial que se extendía hasta perderse a lo lejos, en la reverberación canicular; los hombres, desfallecidos sobre las bestias, se dejaban llevar al paso impuesto por las cabalgaduras sudorosas que, de vez en cuando, aspiraban, como extrañadas, las breves brisas que llegaban de la costa ya cercana. Escasos grupos de palmas canas, de áspero plumero, precisaban, que no rompían, la monotonía seca del paisaje sabanero, recruzado por la rápida sombra del aura que planeaba su voracidad sobre los hombres impasibles. El jefe no había variado su actitud; marchaba delante de todos como si nadie lo siguiera, seco e inconmovible como la sabana misma. De súbito se volvió, mirando, ora a sus hombres, ora a su ayudante.

—A ver —dijo con voz metálica—; anda, dales de comer. ¿Qué me dices ahora de tus imponderables?

Pedro Barba fue a fingir que no comprendía, pero vio la cara del jefe demasiado endurecida y habló seriamente:

—Los imponderables son ellos mismos, jefe.

Pero ya el otro no lo escuchaba; su rostro, de pronto, había adquirido una dulzura inusitada y, como si tratase de ocultar sus sentimientos, lanzó su caballo al galope, adelantándose a todos. Pedro Barba lo siguió de cerca, y aunque no había orden, todos los hombres que un momento antes parecían desfallecidos, pusieron sus cabalgaduras a la carrera.

Fue un hermoso e imprevisto espectáculo el de aquellos infelices lanzados en avalancha. Delante de ellos se extendía el inmenso campo sabanero, y las bestias galoparon libremente, levantando el polvo en cortina que llegó a ocultar el vuelo entrelazado de las auras que seguían a la tropa.

La galopada continuaba abriéndose, y retumbaba ya, en el corazón de la sabana, el rugir inconfundible de la carga. Parecía que de un instante a otro iban a verse relucir al Sol las largas hojas de los machetes heroicos. Un grito múltiple rompió en la llanura e hizo más elásticas las patas de los potros. Crecían los hombres, crecían las bestias, crecía el tropel. El paisaje se hacía más inmóvil en aquella avalancha súbita. En el azul límpido y doloroso de la canícula, la mancha de auras, en su vuelo impasible, era una sombra inquieta, rígidas las alas de las rapaces, los picos caídos a tierra, los ojos fijos en algo que solo ellas veían.

Nadie supo cuándo cayó Palmero. Quedó detrás de la cortina de polvo, el rostro renegrido cubierto de terrón, quietos los ojos, los brazos abiertos sobre la tierra como si tratase de abrazarla. De la cintura le salía un pedazo de la correa llena de huecos con los que quiso vencer a la calamidad. La frente, bajo la sombra calada de una mata de guao.

Cuando la columna se detuvo se pudo ver, a media jornada aún, al Yaguanabo, a cuyas márgenes acamparían las tropas. Aquella tarde, ya en vivac la columna, habló el jefe.

—Muchachos, vamos a acampar aquí. Dentro de un plazo de diez días llegará la primera fuerza expedicionaria que nos envía el Gobierno amigo de los Estados Unidos. Estamos cumpliendo nuestro deber con la patria.

Iba a descabalgar, pero se detuvo, recordando algo.

—No podéis más —añadió—; si es necesario, yo creo que lo es, que se sacrifiquen los caballos.

Se volvió entonces, algo irónico, hacia su ayudante, y le dijo:

—Amigo Pedro Barba, el imponderable de hoy tiene más patas que ninguno.

Pero ya los insurrectos hacían acopio de cangrejos en las cercanías del río. Una hora después, Pedro Barba, echado al lado del jefe, le sonreía a su malhumor:

—¿Usted ve, jefe?

—¿Qué, Pedro Barba, querrás decirme que podemos rechazar al americano porque la tropa encontró unos cuantos cangrejos?

Pedro Barba no decía eso. Solo quería hacer hincapié en el número de patas que podría tener un imponderable mambí.

—Usted no sospechó que podrían ser más de cuatro, y ya ve.

—Un azar.

—Acaso más que un azar; pudiera ser la demostración de que nos bastamos a nosotros mismos.

Pero la satisfacción de Pedro Barba duró poco. Por la noche se morían a causa del envenenamiento producido por los crustáceos. Dos habían muerto ya, y algunos más estaban en las últimas cuando llegó el remedio. Un insurrecto se presentó al jefe. Era de la región y sabía curar el mal.

—Con tostar el «garapacho» y tomarlo molido, ya está, jefe; se quita la maleza.

—¡Tus imponderables, Pedro Barba! —dijo el jefe, escéptico.

Pero los hombres comenzaron a sanar, y Pedro Barba se puso a hablar de los recursos naturales:

—Todavía me estoy acordando de la galopada de ayer. ¿Es que hubiéramos podido pasar la sabana de otra manera? Éramos como muertos y de pronto usted se lanza y todos lo siguen. ¿Pensó usted en dar la orden? Acaso no. Aquello salió así. Fue una carga que le dimos a nuestra propia necesidad.

—En la que cayó Palmero.

—En la que cayó Palmero, jefe.

Caminaban rodeando el campamento. Ya había dudas, según los últimos reportes, de que los americanos desembarcasen por allí. Pedro Barba parecía derrotado cuando el jefe dijo:

—Habrá que comerse los caballos, Pedro Barba.

—Sin sufrimientos no haremos la guerra. Si nos comemos los caballos, buscaremos otros, o seguiremos esto a pie. Todavía ni usted ni yo sabemos cuál será el fin.

Delante de ellos se alzaban las peculiares lomas trinitarias, separadas por breves planicies. A lo largo del río descansaban los hombres de la columna; el jefe se llevó las manos a los ojos para ver mejor.

—Pedro Barba..., están haciendo candela.

El ayudante vio también las hogueras. Ninguno de los dos se atrevió a añadir palabra, pero se dejaron llevar hasta el campamento por el sentimiento confuso que los dominaba.

No cabía duda, algún caballo sacrificado... Y sin embargo, ninguno de los dos lo creía.

Nadie se movió en el campamento a la llegada de los jefes. El sargento Abigail, frente al caldero, estaba como cogido en falta, pero Pedro Barba le vio la malicia en el fondo de los ojos y confió en su suerte.

—¿Caballo? —preguntó.

El sargento aún dudó un instante: al fin dijo:

—Nadie quiso matar el suyo. Es cangrejo.

—¡Cangrejo!

—Sí, cangrejo siguato. Allá tenemos la cura.

Y señaló un fuego vivo que tostaba los carapachos. Pedro Barba no dijo nada; se volvió a su jefe, sin desafíos, superado, y ambos echaron a andar sin hablarse, los rostros serios, las vainas de los machetes dándoles en las piernas.

Por delante se demoraba el mar. El jefe se detuvo mirando ensimismado el azul quieto de las aguas y dijo:

—¿Por qué tienen que venir ésos?

A sus espaldas, más allá del Yaguanabo, se extendía la sabana, campo de mambises.

Doce corales

Plácido se adormilaba. El caballo era lo bastante viejo y manso para echar un sueño sobre él y acortar así el camino hasta la encrucijada del pueblo. A partir de allí, mientras durase el peligro, se haría el dormido. Lo había aprendido de los perros. Van por los sitios que conocen como si nada; la cola ni baja ni rizada, husmeándolo todo, haciendo la gracia en las esquinas, en los postes y hasta en los portales. Pero al cruzar un barrio poco familiar se apartan de las casas, dejan caer la cola y la cabeza, y hasta cojean un poco.

Plácido, imitándolos, se hacía el dormido, abandonaba las riendas y dejaba que el penco acortase la marcha. Así, inofensivo, pasaba el pueblo y todo el camino hasta que perdía, en el recodo de La Pastora, la tienda de don Cipriano. A partir de aquel sitio, el hombre y la bestia parecían distintos. Todo se ponía en movimiento. Plácido, un poco colgado sobre un lado, picando el ijar del penco, componiéndose el sombrero de yarey que hasta entonces le había cubierto el rostro.

Llevaba las alforjas llenas de sal para los insurrectos que estaban en el monte. Cinco arrobas por lo menos.

A veces, en el fondo, un poco de venda y quinina, aunque no siempre, que ante todo lo que importaba era la sal. Ahora, aún en la modorra, algo en punta, como un clavo, comenzó a inquietarlo. Pasó un rato antes que se despertase del todo. Era a causa del yarey: el sobrino de don Cipriano, estando Plácido tomando la mañana, había dicho con manifiesta intención:

—Están buscando a uno que pasó con un yarey nuevo y cuando regresó no traía nada sobre la cabeza.

El muchacho hablaba mientras enjuagaba el vaso. Parecía que miraba a hurtadillas, pero Plácido no se comprometió, aunque algo del color se le fue.

—¿Y eso también es delito? —preguntó para reponerse.

—No sé; parece que piensan que está en cosas con los insurrectos y que con ellos se quedó el sombrero. Ya sabe cómo es el sargento. Dice que lo ahorcará si lo coge.

Y allí iba Plácido, ya con los ojos muy abiertos. Se compuso en la montura y, como ya estaba llegando a la encrucijada, dejó caer el cuerpo sobre sí mismo e inclinó la cabeza como si dormitase; pero, ¡bien despierto que iba!

Ocultos los ojos se hacían más precisas las imágenes; sobre todas, las del sargento. Un bruto cuadrado. Más bruto y más cuadrado cuando se trataba de los insurrectos o de sus amigos. Los que llevaban a su presencia iban con escalofríos y no salían como habían entrado, si es que salían.

El sargento se estaba fijo en la mente de Plácido; y también las arrobas de sal de las alforjas; y el yarey que había dejado en el monte. Pensó, asimismo, en la valla. El domingo anterior perdió un canelo que «era un tigre» cuando ya estaba a doblón por él. Le parecía estar oyendo la voz del sargento: «¡Pago a doblón! ¡Pago a doblón!». Ya el canelo con la «vena» se oía el grito del sargento: «¡Arriba, colorao, que eres jerezano!». Pero ya el canelo no tiró más; inclinó la cabeza, bajó la cola y se puso a esperar el final, mientras el contrario, crecido, lo cruzaba como un rayo con las espuelas una y otra vez. Cuando lo cegaron dio un salto y pareció que quería hacer algo, pero volvió enseguida a su posición anterior.

—¡Levántalo, Plácido! —gritó una voz estentórea—. ¡Déjalo para padre! —Plácido, aún atento hasta aquel instante, se sonrió. No, ¿para padre? Una cosa era «calidad» y otra aquello: «ley de boniato». ¡Dejarse matar así, sin levantar las patas del suelo!

—¡Onza a peso!

Un traspiés del caballo lo sacudió. ¿Acaso sería la suya también ley de boniato? Mejor era irse al monte, levantar de una vez las patas del suelo y «tirar». ¡Si ahora lo cogía el sargento! ¡No digo yo la vena! Pero cada hombre era lo que era. Como los gallos. Él se estaba en el pueblo de majá, escurriéndose entre los «civiles»; ni en un lado ni en el otro: en los dos. A veces se imaginaba como un gallo suelto en medio de la valla, sin espuelas, frente a un enemigo temible. Hoy la sal, mañana la correspondencia, hasta el yarey nuevo.

Un día le habló el dueño de la tienda:

—Oye, Plácido, este mes llevas comprada media docena de sombreros.

Él había respondido con su sonrisita infeliz:

—Sí. Se pierden; dos fueron para Nicasio.

Siempre en el peligro, pendiente del azar. Sin cobrar nunca. Las «partidas» en la manigua tenían sus ganancias. Un asalto, una sorpresa. Se lanzaban al galope, con los machetes preparados. Entonces todo llegaba a la cumbre: el esfuerzo, el grito ronco, la muerte. Había un momento ya sin ataduras de ninguna clase. El caballo casi en el desboque, los cuerpos rígidos. El hombre era entonces como una bestia triunfante, como un gallo fino. El último como el primero, todos iguales. Lo de Plácido era muy distinto; siempre escurridizo, siempre en el disfraz. Majá. Sonriendo infelizmente en la tienda mientras compraba la sal, o el machete, o el nuevo yarey.

—¡Tanta sal, Plácido!

—Esa gente me mató ayer otra vaca; tengo que salar el cuero.

La valla era apenas un desquite. Allí estaba el sargento gritando, vociferando sus «monedas al gallo colorao». ¡Como si hubiera gallos coloraos!

Pero había hombres para todo, como había gallos de todas clases. Y Plácido también era como era. Le habría gustado mejor estar en la manigua que acarreando sal para los insurrectos. Tenía un buen caballo, lo mismo que tenía un gesto violento. Y allí, montado en un mal penco, dándole su sonrisa a todo el mundo. A los insurrectos también. ¡Qué cosa! No todos comprendían lo que tenía que hacer a diario, con la sombra de la soga detrás de él. Pero se sonreía y se sonreía como un infeliz. Y hasta le llevaba un yarey nuevo al que se lo pidiera. ¡Ahora mismo llevaba uno en las alforjas!

Nunca dijo: «Es peligroso». Eso quedaba para pensarlo él, como ahora que ya estaba entrando en el pueblo. Estremeciéndose, sintió que alguien lo llamaba:

—¡Eh, paisano, paisano!

Plácido, por un momento, quiso hacer saltar a su penco; el cuerpo se le irguió.

—¡Oye!

Hizo como que no oía, como que dormitaba, y dejó seguir a la bestia.

—¡Oye!

Al fin se volvió. El soldado venía hacia él, el fusil colgándole en el brazo.

—Vamos, que el sargento quiere verte.

—¿El sargento?

La expresión del soldado le pareció burlona. Era la guerra. La emboscada y la matanza habían crecido los odios hasta hacerlos espesos. De pronto se oía un tiro y el soldado caía con el balazo en el pecho. No se veía nada. Se oía el tiro y nada más. Otra vez el camino era espantosamente difícil: sofocaba el calor; sofocaban las ramas que se atravesaban; la fiebre. Envenenaban las aguas palúdicas. Y había que marchar sobre fangueros o a través de sabanas como desiertos. El odio crecía. En ocasiones, cuando la desgracia era mucha, acaso no. Se pensaba más: ¿qué hacían ellos allí? Soldados hubo que acabaron por irse también al monte. Otras veces, cuando el soldado iba más cansado, llegaba el tropel. Surgía de pronto de una ceja de monte, de un barranco. Galopes de caballo y brillos de las hojas de acero en avalancha. No quedaba tiempo sino para morir. Para taparse el rostro con el brazo y morir, roto el último pensamiento.

Plácido no pensó en huir; se recogió más en sí mismo, se hizo más infeliz sobre su penco, apretando con las rodillas las alforjas como para hacerlas más pequeñas.

—¿El sargento? ¿Qué me quiere el sargento?

—Te llama; ya te lo dirá.

Otra vez se acordó de la valla; de su gallo canelo, con la cola y la cabeza bajas, dejándose matar. Sentía ya los puños del sargento, como zapatazos, retumbándole en el cráneo. Iba pálido, pero en los labios le quedaba un resto de aquella sonrisa tan característica. No se acordaba del canelo solamente; había tenido un «indio malatobo» que le decían la Serpiente. Se escurría, se agachaba, mientras los golpes del contrario daban en el aire. El que lo conocía le jugaba en contra: «Sabe demasiado para ser fino», decían. Pero el «malatobo» siempre escapaba, hasta que un día se huyó sin una picada. Cuando volvió a la valla lo mató «un ratón».

No, la ley de Plácido no era de «boniato». Si acompañaba al soldado sin resistirle era porque ese era su oficio; porque esa era su suerte. Tenía que hacerse el infeliz desde la punta de la cabeza hasta los cascos del penco. Si no, andaría montado en su potro tordillo, en el cual no sería muy fácil que lo cogieran.

Vigilando al soldado, arrojó al suelo un puñado de sal. Fingiendo una indiferencia que más bien lo comprometía, no osaba ya preguntarle otra vez al soldado.

Bueno, parecía que le había llegado la hora. ¡El maldito yarey! A lo mejor lo ahorcaban.

Arrojó otro puñado de sal. Al instante, dos puñados más.

—¡Ah! ¿Y el yarey que llevaba? ¿Cómo iba a explicarlo todo? Los otros de la tienda también le saldrían. Pero, sobre todo, la sal. Aquella sal.

Como el soldado lo miró cuando iba a echar otro puñado de sal, quiso darle una de sus sonrisas, pero le salió torcida como si estuviera tragando en seco. Al soldado no le importaba; ni siquiera se fijó en la palidez de Plácido. Probablemente estaba acostumbrado a que se pusieran pálidos todos los que llevaba hasta el sargento.

Plácido se compuso exageradamente sobre la montura mientras echaba al suelo dos o tres manotadas de sal; ya sentía más pesada la alforja que iba hacia el lado del soldado.

—¿Qué haces? —preguntó el soldado queriendo extrañarse.

—Está flaco el penco, los huesos atraviesan la montura.

—Acaso él también dirá lo mismo, porque tú no estás tan gordo.

—Ja, ja, ja. Usted es gracioso.

El soldado lo miró con ojos aburridos. Explicó:

—El sargento me dijo: «Tráime al gallero ese que vive después de La Pastora». Para allá iba yo cuando te vi. «Tráimelo enseguida», dijo. Si a mano viene tú sabes para qué te llama.

—No, no sé. Yo estoy para servirlos. Soy un hombre tranquilo, como todos saben.

Cuando llegaron al cuartel, Plácido apenas había podido tirar unos cuantos puñados más de sal.

—Entra con el caballo; puede ser que sea para largo.

No, no iba a durar mucho. Allí estaba el sargento con su figura brutal, tan distinta a la suya. Él, alto, flaco, doblegado. El otro, bajo, cuadrado, rojo y agresivo. Sobre la mesa, al alcance de la mano, la pluma y el vergajo.

—¡Ah, eres tú!

Pareció que todo había cambiado; que el bruto se hubiera hecho de seda.

—¡Eres tú! —volvió a exclamar levantándose.

El sargento miró a Plácido por un instante, como si no tuviera nada contra él, y de pronto dijo:

—Traigan café para el amigo.

Así procedían algunos guajiros cuando él los visitaba; antes que nada un poco de café.

Plácido comenzó a reponerse; aquello no era para nada malo. Pero pensó rápidamente en la sal, en el yarey que tenía en las alforjas, y casi se quiso entregar a la fatalidad.

El sargento, que le había dejado caer suavemente una mano sobre el hombro, le dijo con cordialidad:

—Ven conmigo. Quiero que veas algo.

Plácido no pudo evitar que se le helaran las plantas de los pies. Siguiendo al sargento, llegó a un patio donde se alineaban unas jaulas para aves.

—¡Mira! ¿Qué te parecen? ¿Los has visto iguales alguna vez?

Plácido era todo lo que se puede exigir de un hombre. Vivía conscientemente alrededor de la muerte. Pero, además, era gallero. Acaso, antes que nada, era gallero. No solo para él mismo, sino para todos. Aún no era el viejo que es hoy, pero era Plácido el Gallero. Entre las cualidades de cualquiera de sus gallos estaba esta otra: «Lo cuidó Plácido». Si estaba con los insurrectos era porque había nacido cubano, acaso también porque a un gallo de pelea no se le puede decir que el «colorao». Ahora estaba mudo de asombro. Pasaba de una jaula a otra, todo lo otro olvidado ya, manifestando su asombro con exclamaciones y palmadas. Cuando llegó al último jaulón se volvió hacia el sargento. Juntó y abrió los brazos, exclamando:

—¡Doce corales! ¡Son doce corales!

El sargento, lleno de orgullo, reía a carcajadas.

—¿Cómo, cómo? —preguntaba.

—¡Doce corales!

Nunca había oído aquella expresión, pero le gustaba; sabía que significaba algo superlativo, y que en boca de Plácido era más aún. Se hubiera estado todo el día haciendo la misma pregunta para que le respondiera lo mismo.

—¿Son doce corales? ¿Doce corales? Entonces, ¿son buenos?

—¡Oh! ¿Buenos?

Plácido sacó uno de los gallos; para calmarle la agitación lo movió de un lado a otro con ambas manos, le pasó los ágiles dedos por las alas, componiéndole las plumas, y después de sopesarlo lo levantó en alto, buscándole el perfil:

—¡Un pájaro! —exclamó.

—¡Un pájaro! —remedaba el sargento lleno de felicidad—. ¡Ja, ja, ja! ¡Un coral! ¡Un pájaro!

Verdad, era verdad. ¿Cómo no se había fijado antes?

Eran como corales, como pájaros. Los dos reían. Acababa de llegar el café y mientras lo tomaban se reían felices.

Entonces ocurrió algo.

Para llegar al patio habían seguido un pasillo. A un extremo del pasillo, el patio; al otro, el despacho, del sargento. Y Plácido acababa de ver cómo ponían sobre la mesa del despacho sus alforjas cargadas de sal, y al lado de ellas el yarey que llevaba escondido.

Se estaba riendo cuando lo vio.

El sargento, pletórico, decía:

—Uno es para ti. Me los vas a tusar. Uno es tuyo. Sé que eres el mejor gallero de la provincia. ¡Y ahora con estos corales!...

Plácido ya no lo seguía; tenía perdido el color viendo venir el soldado por el pasillo.

—¿Te ocurre algo? —preguntó el sargento.

Plácido movió negativamente la cabeza, con su sonrisa infeliz característica toda descompuesta. El sargento insistió con calor. Era dichoso. Hacía tiempo que no era tan dichoso. Su crueldad habitual era odio y venganza adquiridos, casi profesionales, y su alegría de ahora era suya propia. ¿Qué le pasaba al amigo? ¿Es que pcurría algo con sus doce corales? ¿Se sentía mal?

—¡Habla, hombre, habla!

A unos pasos, impaciente y respetuoso, esperaba el soldado. El sargento lo notó con mal humor.

—¿Qué quieres ahora? Déjame tranquilo.

Se extrañó viendo la insistencia del soldado.

—¿Es que no oyes?

—Mi sargento...

Pero el sargento no quería ahora saber nada. Estaba todo entregado a su amigo. Y además, Plácido acababa de ponerle una mano sobre el hombro.

—Dime, dime. Caramba, pensé que te ocurría algo malo. ¿No es nada? Espera entonces.

Tranquilo ya por Plácido, lo volvía a ganar la extrañeza por la actitud insistente y desacostumbrada del soldado. Resolvería enseguida lo que fuera y vendría a estarse en paz con su tesoro. Plácido lo vio ir hacia el despacho. Miró a su alrededor las altas tapias del patio; no podía escapar. Todo acababa de torcérsele cuando ya creía tener encontrada la solución. Acaso aún tendría tiempo. Tornó a acordarse de «malatobo», metedor de cabeza, agachao y escurridizo como un majá. Él no iba a ser menos.

De nuevo apareció el sargento en el pasillo, el rostro furibundo. Acababa de gritar: «¡Imbéciles! ¡Todos son unos imbéciles!». Por primera vez en su vida lo ponía furioso que se le presentara la ocasión de hundir a un enemigo. ¿Por qué tenía que ser precisamente en aquel momento? ¡Tan contento que estaba hacía un instante! Pero al traidor aquel lo iba a aplastar de un solo golpe. ¡Doce corales! ¡Doce pájaros! ¡Conque doce corales!

Los dos rostros se encontraron. El del sargento, furioso, pero con un resto de esperanza que le quitaba la agresividad; el de Plácido, sonriendo y casi conmovido.

—¿Usted notó lo que me pasaba, eh? —dijo.

El sargento apenas movió la cabeza.

—Usted sabe, uno es lo que es. Uno sabe sus cosas y hace bien en ocultarlas cuando todos nos hacen más que vigilarlo. Si uno dice lo que sabe, se fastidia.

¡Ah...! ¿Qué camino cogía aquel infeliz, cuando él pensaba que lo iba a negar todo? ¡Pero Plácido continuó, «ventajoso», como si tuviera presente a su malatobo:

—A nadie le he dicho mi secreto. A usted es distinto. Usted no es del patio, y si promete no contárselo a nadie... Si me promete...

El sargento estaba menos furioso. Había pensado que Plácido iba a confesar y... ¿Es que no se daba cuenta ese infeliz de que ya lo sabía todo? ¿Qué hasta el tendero acababa de acusarlo?

Plácido, sonriente, moviendo la cabeza de uno a otro lado, le puso la mano sobre los galones, miró a todas partes y le acercó los labios al oído:

—¿Para cuándo los quiere pelear...? No, espere. Antes de tusarlos... Espere... Yo mismo lo voy a enseñar. A nadie, ni una palabra, ¿eh?

Se acercó más al sargento y le dijo como en un susurro:

—Sin que lo noten mucho los otros, tráigame un buen puñado de sal gruesa; en mis alforjas hay bastante.

El rostro del sargento estaba transfigurado. Nunca pendió tanto de los labios de nadie ni se había cuajado tanto su alegría. Aún quiso escuchar algo más antes de dejar escapar su carcajada de hombre feliz. Plácido se pegó aún más y añadió:

—Algunos, algunos bobos, les dan pimienta para encenderles la sangre. Eso es lo que les sobra cuando son finos de verdad. ¡Sal! Hay que darles sal para enfriársela, para que sean ventajosos.

La risa del sargento estallaba contra las tapias del patio. Gritaba:

—¡Lo que yo les decía. ¡Unos imbéciles! ¡Ja, ja, ja!

Se reía, agarrándose con las dos manos el cuerpo estremecido de Plácido.

—¡Ja, ja, ja! ¡Ja, ja, ja!

Una duda cruzó. Muy bajo, como si no se dirigiera a su interlocutor, con el temor a ocasionar algo irremediable, dijo:

—Pero..., ¿y los sombreros?

Plácido hizo como que no escuchaba. Había esperado demasiado, y ahora acaso no sería de tanto efecto.

—Tráigame la sal; ande, hombre ¡Ah! Uno es para mí ¿no? Entonces tráigame un yarey que llevo en una de las alforjas... Es lo mejor para transportar los gallos finos. Yo los uso siempre.

El cuartel se llenaba con las carcajadas del sargento. Se metió por el pasillo doblándose por la risa, empujando a los que se encontraban a su paso:

—¡Quiten! ¡Imbéciles! ¡Conque sal y sombreros para los insurrectos! ¡Ven visiones de cobardes que son! ¡Ja, ja, ja!

Todo el día estuvo Plácido tusando los jerezanos. Cuando terminó, metió el suyo en el yarey, el que cerró por las alas cosiéndoselo con un alambre, mientras que el sargento se reía hasta desternillarse, completamente feliz.

Era tarde y ya estaban bajando la bandera cuando Plácido se montó de nuevo en su penco. Aún se inclinó hacia el sargento y le recomendó por última vez:

—Ya sabe. Todas las mañanas unos granitos.

Ya se alejaba cuando se volvió para decirle:

—¡Ah! Y no le diga más a ningún gallo «colorao»... El que perdió el domingo era canelo.

La ráfaga

La claridad del alba se abrió en un lado detrás de los montes y se extendió, hacia lo alto y hacia los lados, echando capas doradas sobre las sombras del valle hasta hacer perceptibles, aún sin contornos, la hilera de casas, los árboles mayores y las lomas cercanas.

Después de la luz, semejante a un lejano reflector que bajase su haz hacia la tierra, comenzó a rielar sobre las superficies lisas, haciendo más oscuros los ángulos de sombras, cruzó sobre un campo de pasto nuevo, se impulsó en la superficie laminada del río y se lanzó dentro de la calle del pueblo, aún fría, hasta ir a chocar contra los duros perfiles del rostro de Bernabé, el cosechero, que se erguía detrás de la puerta entreabierta de su vivienda.

El campesino observó por unos instantes hasta que se convenció de que la calle estaba completamente desierta, y luego salió furtivo, pegándose a las paredes, escapando del haz de luz, inclinado sobre sí mismo, hurtando el cuerpo, como un ladrón.

Se apresuró sin vacilaciones por la orilla del camino que corría detrás de las casas, con su brazo izquierdo plegado bajo el vientre, y el derecho, armado, meciéndosele como un péndulo. Tomó un trillo casi impreciso, abierto a un lado del camino, y se internó rápidamente entre los yerbajos cargados de brillante rocío que le humedecieron los zapatos de baqueta y renovaron, en los bajos del pantalón, la vieja orla rojiza que da la tierra de los surcos.

A medida que aumentaron los obstáculos entre él y el pueblo, fue acortando la marcha e irguiendo el cuerpo, ya en las luces de la madrugada —que al extenderse separaban los verdes campesinos, desde el nilo juvenil de césped al oscuro de los pastos—, hasta detenerse por completo, para enseguida comenzar a marchar, ya ahora acompasadamente, estirando sus brazos para terminar de desperezarse.

Siguió andando un rato, alzándose sobre sí mismo, tratando de ver a mayor distancia por encima de los arbustos, del camino, como temeroso de encontrar a alguien. Varias veces miró también hacia atrás, deteniéndose, para escuchar mejor en la paz desierta del campo sacudida por los lejanos ladridos de los perros.

—Naiden —murmuró en voz baja.

Continuó su camino a campo traviesa, dejando tras sí, a su derecha, las vegas cubiertas de toldos como enormes túmulos. Hacia delante y hacia su izquierda, el valle inmenso se despertaba invadido por los declives de la sierra que lo limitaba y acortado por lomas de gracioso corte, salpicadas de palmas con sus copas llenas de la luz temprana del Sol.

A veces crecían los ladridos hasta obligarlo a volver la vista hacia el pueblo, pero todo estaba desierto como si él fuera el único habitante del valle.

—Cuando uno va solo, el camino se estira —dijo—; si no fuera porque hasta los domingos los madrugan, tomaría por el trillo de Antón.

El valle estaba lleno de luz cuando un ave pasó volando sobre él, a poca altura, en línea recta, en una dirección obstinadamente fija; la siguió con la mirada hasta verla perderse a lo lejos, confundida con lo oscuro de los verdes.

—¿Adónde irá con tanta priesa? —se preguntó asombrado, y movió la cabeza como si envidiase la facultad del ave para trasladarse tan rápidamente.

Aquello pareció removerle todos los pensamientos y se quedó con los ojos fijos en dirección al horizonte, hasta que todo se llenó con el recuerdo de la imagen de don Gumersindo, el patrón, montado en su potranca de larga cola trenzada y atada a la silla por la punta.

Caminó así, con la vista en alto, sin asociar a ningún hecho concreto la imagen del patrón, hasta que lo recordó llamándole, la fusta colgada de la muñeca, como siempre.

—¡Eh, Bernabé!

Don Gumersindo recorría con frecuencia las vegas en su potranca lustrosa y peinada como una mujer. Como para no estropear el sembrado, marchaba por las serventías; el sembrador, por lo regular, le quedaba lejos, entre los surcos, y entonces el patrón se llevaba las manos a la boca a modo de bocina gritando: «¡Eh, Bernabé!» o «¡Eh, Servando!» o «¡Eh, Nicanor! ¿Cómo va ese repaso? ¡No me deshijen antes de tiempo! ¡No me dejen un bicho! ¿Va todo bien? Esta es la mejor tierra del mundo ¡se da sola!»

Siempre era lo mismo. Los sembradores se levantaban del surco y miraban al patrón sin saber qué decirle; porque sí, la tierra era buena, pero no se daba sola, ni tampoco daba nada, sino tabaco y hambre. Había que cuidarla noche y día, vigilando el bicho nocturno en la fresca, con la luz de la Luna, entregándole las horas que otros daban a sus hijos.

El patrón también solía gritar:

—¡Es tuya, Bernabé! ¡Tu tierra!

Pero año tras año, el patrón se lo llevaba todo en peticiones, impuestos e igualas. Después había que reponer los aperos, mercar los abonos, pagar a los agentes de venta y al transporte. Y a Bernabé solo le quedaba, como bien decía don Gumersindo, la tierra.

—¡La tierra es tuya, Bernabé! ¡Mira como se te da sola! ¡La tierra mejor del mundo! Hasta me da celos viéndote de noche en ella, acariciándola.

Pero lo decía con un tono tan seco, tan rígida la expresión, como si estuviera hablando de un castigo. Ninguno de los vegueros se hubiera extrañado de oírle gritar otra cosa distinta, por ejemplo:

—¡Bernabé es tuyo, tierra! ¡Mira qué hombres te regalo! Están sobre ti a todas horas, cuidándote, alisándote, espulgándote; es como si fueras una novia. ¡Los hombres mejores del mundo, y no cuestan nada, tierra, apenas comen!

La cosa era así, la tierra era la mejor del mundo, los hombres eran los mejores del mundo; con todo aquello don Gumersindo hacía una liga, una mezcla perfecta que no podía ser alterada; garantizada, la liga, bien con el abono, bien con la fusta.

—¡La tierra es suya, compay!

Si Bernabé se hubiera atrevido, le habría contestado que de ser suya la tierra la sembraría de viandas para que por lo menos sus hijos se hartaran; pero nadie en el valle era capaz de hablarle así al patrón; ni Nicanor, ni Antón, ni Servando, ni... Bueno, podía haber algún desesperado que quisiera largarse, porque cuando las cosas se ponen mal, no se sabe por dónde anda el pensamiento, ni lo que es capaz de decirse o hacerse; aunque lo mejor es dejarlo todo embrollado, hacer una mezcla con la verdad y con la mentira y esperar el resultado. Pero Bernabé era de los que nada decían; dejaba caer una capa oscura sobre su rostro, y aun sobre su pensamiento, hasta que don Gumersindo se impacientaba y se iba con su potranca a otro lado.

Bernabé seguía su camino a campo traviesa, con la vista en alto, los ojos en sombras por las alas del sombrero de guano. Allí, en él, permanecía obstinadamente la imagen de don Gumersindo. Bernabé, echando una mirada a su alrededor, lo remedó alzando la voz, tratando de imitar el tono de su patrón:

—¡La tierra mejor del mundo, Bernabé! ¡Se da sola! ¡Me siento hasta celoso cuando te veo de noche sobre ella.

Y como si de verdad estuviera delante del amo, dejó caer una capa oscura sobre su rostro e imitó su propia respuesta:

—Apurijo, todo apurijo; ¿querrás que me coma los veji-gos?

Así fue la víspera. La réplica de Bernabé había sido dicha en voz baja y el sonido no pasó de los labios, pero don Gumersindo, que estaba en la guardarraya, se desmontó y comenzó a caminar hacia él dándose con el rebenque en las polainas.

El rostro de Bernabé se oscureció aún más sin saber lo que sucedía, pensando que era posible que el patrón le hubiese visto mover los labios o leyese en su pensamiento. Respiró al verlo inclinarse sobre una de las plantas, diciendo:

—Mira un hijo que se te fue.

Arrancó el brote y se echó hacia atrás satisfecho, mirando la planta:

—¿Qué le parece esto, compay? ¡Se la van a fumar los reyes! ¿No le da orgullo?

A Bernabé le daba cualquier cosa que quisiera el patrón; lo que no quería era que siguiera avanzando y viese el puerco jíbaro que tenía oculto entre los plantones, con el cráneo destrozado de un garrotazo, porque entonces todo podría ocurrir.

Los puercos jíbaros, por más jíbaros que fuesen, como todos los animales del monte, como el monte mismo, como todas las tierras del valle, eran de don Gumersindo.

—¡A los ladrones los echo yo de aquí! —gritaba—. ¡El que me mate un jíbaro, lo trato como a un ladrón cuatrero!

Don Gumersindo también gritaba:

—¡Al ladrón que me siembre viandas en esta tierra de oro hay que darle fusta y echarle los perros! ¡La tierra mejor del mundo y sembrar basofia en ella! ¡Puercos!

Había dado ejemplos; la familia de Venancio, uno de sus cosecheros, que hizo un sembrado de frutos menores, tuvo que abandonar el valle en busca del camino real, mientras

Venancio, el jefe de familia, fue condenado como ladrón de tierras por don Justo Paz, el juez de cabecera.

Bernabé no estaba muy seguro sobre sus piernas acordándose de aquello, mientras a sus espaldas tenía el puerco jíbaro, cazado furtivamente. Ya se veía golpeado o delante de don Justo Paz, y a su gente en el camino, expulsada del valle, hambreada, sin saber a dónde dirigirse.

Porque la vianda y la carne había que mercársela a don Gumersindo, que a su vez se proveía de don Justo.

—Así viven todos, los del valle y los de aquí, que también son hijos de Dios.

Y «los de aquí», los que trabajaban las sitierías de don Justo, serían los únicos espectadores del juicio.

—Ahí lo tenéis —diría el juez—; es casi dueño de la tierra mejor del mundo y no quiere que los demás vivan. ¿Qué castigo no merece este ladrón? ¡Matando puercos jíbaros cuando don Gumersindo les da tanto crédito como quieran!

Los sitieros de don Justo estarían sentados en los bancos del público, con los rostros alargados y prietos como los de los vegueros del valle, con los mismos pelos mal peinados, pegados a las sienes; no dirían nada, pero... A lo mejor don Justo tenía razón, porque ellos tampoco podían sembrar un conuco, que el tabaco había que comprárselo a don Gumersindo.

—Un conuquito siquiera, de mala tripa.

Sería como si Bernabé fuera el culpable.

—¿Qué castigo no merece? Hoy es un puerco del valle, mañana será una de nuestras reses —don Justo estaría puesto de pie, con el labio inferior un poco torcido por la embriaguez, y el dedo escleroso señalando a sus sitieros—. ¡Una de vuestras reses! ¡Hay que encerrarlo por seis meses!

Si don Gumersindo daba un paso más, vería bajo las hermosas hojas verdes la cabeza del jíbaro destrozada por el garrotazo. Pero don Gumersindo no tenía el instinto de aquella hormiga roja que ahora le pasaba a Bernabé sobre el zapato de raqueta. Bernabé la vio, y luego vio otra, y otra, y otra más; por el surco llegaban las filas de los animales voraces; llegaban corriendo, a veces algunas se detenían para levantarse sobre sus patas, pero eran atropelladas por las que venían detrás hasta que se lanzaban de nuevo a la carretera.

Una, más grande, fue a ganar terreno a sus compañeras y rodó por el borde de la besana hasta la suela del zapato de Bernabé, que la oprimió contra la tierra. La bestia se debatió incrustada en el terrón agrietado hasta liberarse, y luego corrió vacilante a unirse a la fila de las otras, que la empujaron echándola a un lado.

Don Gumersindo acarició por última vez fruiciosamente el dorso de las hojas cruzadas de largas y finas venas, y regresó a su potranca despidiéndose, el brazo en alto donde colgaba la fusta inseparable.

Así fue la víspera. Ahora Bernabé seguía su marcha sin poder separar su pensamiento de aquella escena. Sus pupilas eran como pantalla por la cual desfilasen en un fondo de verdor, don Gumersindo con su potranca y su rebenque, la sala del juez, la cabeza destrozada del jíbaro, y filas y filas de grandes hormigas rojas marchando hacia la sangre. En un extremo de su pensamiento, el grupito de los suyos es el camino, expulsados, y detrás de ellos más y más hormigas rojas.

Vivía así, furtivo y hambreado en la plétora del valle, en sus tierras de oro maravillosas. El Sol, desde lo alto, lo alumbraba todo: el río, las vegas, los montes; pero, abajo, estaban don Gumersindo y el juez, don Justo Paz, y el río, las vegas y los montes eran de ellos, y también los caminos, que los podían llenar de campesinos, y los campesinos mismos, y la pareja con su cuartel y todo, a pesar de que la pareja, cuando se sacaba los sombreros de fieltro, también mostraba, como los demás, el pelo pegado a las sienes.

Por más que Bernabé pensó, no pudo hallar nada que no le fuese vedado y agresivo, que no estuviera controlado por las leyes rígidas del patrón y del juez. Él mismo, él más que nada, y su hambre igual que su hartura, que siempre era robada; su pensamiento igual que su trabajo; la tierra y los puercos jíbaros. Todo reglamentado y previsto como el proceso de una cosecha.

Fue dejando de pensar en la escena de la víspera; lo último que evocó fue la espalda del patrón y su brazo en alto, llenándole y oscureciéndole la pantalla de los recuerdos. Después cayó en la oscuridad física, como si marchase, con los párpados apretados, por un surco interminable. Lo asaltaban pensamientos truncos e ilógicos: «la tierra tenía un solo hierro y no se podrían trasplantar las posturas» o «soplaba el sur y la ventana de la barredera había quedado abierta...»

Cuando llegó a la entrada del barranco dónde ocultaba su siembra de viandas, estaba cansado. Eligió una piedra y se sentó en ella contemplando su cosecha con ojos neutros que, poco a poco, fueron adquiriendo una expresión de profundo agradecimiento hasta que sonrió diciendo:

—No eres tan de oro na: yerbera como todas.

¡Aquélla sí que era suya! Y se daba sola. La había abierto, con la misma azada que ahora apretaba entre sus manos, sin que le hubiera ofrecido resistencia. Hasta ella no llegaba el poder de nadie, protegida por el barranco y la distancia. Todo el resto del mundo le era agresivo, todo lo que le quedaba a las espaldas: caminos, jueces, amos, vegueros, todo. Allí solamente mandaban él y su azada, él y su trabajo; el Sol que lo alumbraba, el arroyo que baja del collado simulando cascadas, la piedra que le servía de asiento, todo era de su propiedad, todo era libre y pródigo. Dentro de quince días, al otro domingo no, al otro, podría recoger las primeras viandas.

Se sacó el sombrero, que dejó a un lado, en el suelo, se escupió las manos callosas frotándolas entre sí y, disponiéndose a levantarse, agarró fuertemente el mango de la azada para apoyarse en ella.

De súbito todo ocurrió como si dos polos eléctricos se hubieran encontrado y una explosión de luz azul lo envolviese, destrozándolo. Fue en una fracción de segundo. Primero, acaso, a su lado, rodó una piedra; acaso no, acaso solo se fue a volver por instinto, o porque oyó el silbido de la fusta. Cuando saltó, cruzadas sus espaldas por el cuero, ya sus ojos se habían enturbiado tanto que apenas vio, envuelto en sombras rojas, al patrón con su boca brutal y muda por el atropello de los insultos, cruzándolo de nuevo con el rebenque.

Bernabé se había quedado ciego; como cascadas de agua le entraron las sombras por los ojos y lo inundaron todo, obturándole las sienes, los caños del corazón, las venas de las manos, la sensibilidad. Era como si la furia del patrón le pegase a una piedra o a un montón de tierra que retrocediese ante él, a cada golpe, por un prodigio de mecánica.

Como fustazos salían ahora las palabras de los labios del amo, que pegaba, también ciego, también asombrado, con una furia de siglos de dominio.

¡Era su tierra, su amada tierra de oro, la mejor del mundo, humillada, hollada por la bazofia miserable del esclavo ladrón! ¡Su tierra de reyes! Él era un amo de verdad, vivía pegado a su tierra, se nutría directamente de ella y tenía para defenderla un brazo corto y fuerte, y unida a él, siempre unida a él, la fusta dura que había heredado de su padre, heredada por éste a su vez.

—¡Me burlabas, ladrón! ¡Tú! ¡Me robabas mi tierra!

Pero era mejor no hablar; ahora le tocaba al cuero, que encontraba resistencia; las palabras se iban, no volvían a la boca llena de rabia; con el golpe era distinto.

Los dos estaban ya dentro del sembrado. Las piernas de Bernabé, acaso por un instinto milenario, abiertas de surco a surco, sin hollar los frutos, retrocediendo. Pero ya no era él un pedazo de tierra: un haz de luz —como la del alba cuando se levantó— crecía en su interior iluminándole lo que ocurría.

Como para asegurarse bien dejó que don Gumersindo le continuase pegando, sujetando su propia furia con una voluntad de la que no se hubiera creído capaz.

¡Le estaban pegando! Allí estaba su siembra, su tierra, todo lo que era suyo. ¡No podían hacerle aquello! En una sucesión fugaz vio caras y caras de sitieros, todas iguales, todas con el pelo mal peinado pegado a las sienes por el sudor, e, intercalados, muchos don Justos y parejas de rurales y patronos. Detrás de ellos un infinito camino real cubierto de hombres y mujeres que se marchaban con los hijos a rastras conducidos a fustazos por don Gumersindo.

Cuando Bernabé, con el brazo endurecido como si fuera de hierro, levantó la azada, el patrón ya había precisado que algo que no conocía, totalmente nuevo para él, estaba sucediendo, pero no supo evitar nada: la pala de la azada le golpeó brutalmente en el cráneo y se desplomó exánime, con un brote de sangre en el rostro desencajado por el asombro.

—¡Come tierra! Viniste a echarte como puerco jíbaro en lo mío, en lo de todos. Tenemos que dir a oscuras a robar el trabajo de las propias manos. Ahora estás enyerbao pa siempre, sin potranca, enyerbao.

La frente se le había llenado de sudor mientras hablaba. Repitió, ya perdido en el aflujo de los pensamientos:

—Enyerbao.

Allí estaban sus compañeros de las vegas y los sitieros de don Justo, sentados en banquillos, todos juntos, mezclados, con los ojos fijos en el dedo escleroso del juez que lo señalaba vacilante.

—Teníamos que dir a oscuras a robar nuestro trabajo. Todo era de don Gumersindo. Todo de oro. ¡La tierra es tuya, Bernabé!

Encima de la mesa del juez colgaba la fusta del patrón. Los sitieros también lo miraban. Don Justo no tenía tanta razón.

De súbito se le interrumpieron los pensamientos; acababa de ver una hormiga roja que le cruzaba el zapato de vaqueta, luego vio otra, y otra, y otra más; por los surcos llegaban las hileras de los animales voraces; a intervalos algunas se detenían alzándose sobre sus patas para lanzarse de nuevo a la carrera. Una, demasiado apresurada, rodó hasta debajo de la suela del zapato, pero Bernabé la dejó pasar, y la hormiga se incorporó a su fila, en busca de la sangre.

Transfigurado salió del sembrado. Nadie lo había visto, nadie sabía que aquella siembra era suya. Vio la primera vez a la potranca de don Gumersindo vagar libremente entre la yerba y se ocultó de ella como si quisiera denunciarlo. ¡Si llegaba a su casa sin ser visto! Echó a correr a campo traviesa, inclinado sobre sí mismo. Si pudiera llegar nadie sabría nada.

Una ráfaga que venía del pueblo le bañó el rostro sudoroso y le hinchó los bolsillos de la guayabera. Después, mientras él continuaba corriendo, la ráfaga siguió rizando la yerba, alborotó las lustrosas crines de la errante potranca, corrió hacia el barranco y volteó el abandonado sombrero de Bernabé, que rodó como un disco hasta tropezar con el cadáver de don Gumersindo, sobre el cual quedó, tapándole el rostro.

El renuevo

Hasta que el niño, epilépticamente aterrorizado, hundió su exiguo cuerpecito de cinco años en la pared de la yagua, casi perforada por la agudeza de los codos infantiles, la madre no cesó de mostrarle la calavera del chivo, el ruido de cuyas quijadas, sonoro y hueco, llenaba de espanto a la criatura.

¡Asina callarás, rabuja!

El Sol, enorme en el poniente, bañaba de dorados reflejos las altas planicies de Oriente. A veinte cordeles del bohío, «a la voz de un montero», como de azogue —hilo de plata en lo gris de la montaña—, serpenteaba el río de aguas que no se debían beber. Dos cabras salvajes, suicidas, se lanzaron a un precipicio, huidoras del guajiro que en una mano el «relámpago» y en la otra el sombrero de guano, las zarandeaba haciendo el postrer saludo a la compañera, quien no hallando cosa mejor, le respondía con la osamenta disciplinaria con que poco antes aplacara los chillidos insólitos del vástago, que tornaron a oírse de nuevo, silenciosamente lamentables.

—¡Entoavía, rebijío!

Fue a penetrar en el bohío, pero notando que solo le restaba la luz del crepúsculo, optó por acabar de encerrar el ganado:

—¡Ándale, Perlafina! ¡Y tú, Grano de Oro, que bastante jolgasteis hoy despegados del surco!

Cuando la última res, con un ligero trote y amplios meneos de cola, penetró en el establo, bajó la talanquera, y echando una mirada final al recodo tras el que se había dejado de ver su hombre, que marchaba en busca de la guerrilla, penetró en el bohío, solitario como un centinela de avanzada.

Afuera quedaron las palmas moviendo las crestas, prolongando el adiós.

La criatura, con los ojos desmesuradamente abiertos, vio entrar a la madre, y notándole las manos vacías, ensayó unos lamentos:

—¡Chillas porque no truje la huesa, carijo; eres más malo que una sacaúra e muelas!

El muchacho, azorado ante la actitud de la madre, rogaba:

—Mira, mamita, mira...

Y mostró la pierna endeble, aprisionada bajo el acero del arado en desuso. Entonces la madre vio la sangre. La madre, sola, vio la sangre de su hijo por primera vez y la ancha herida hasta el hueso, y desalada gritó.

Gritó corriendo como loca, mientras la criatura, ante la perspectiva del castigo, incomprensiva por el miedo, sintió ya sobre su cabeza el sonoro y horripilante crujido de las fauces de la osamenta.

La madre, abierta a las primeras sombras de la noche, bajo las palmas que como antes dijeron adiós ahora llamaban, gritaba, gritaba. Gritaba a la soledad de las altas planicies de Oriente; lejos de todo ser humano, lejos del esposo que andaría ahora, amo de las maniguas, comandando la guerrilla de patriotas.

—¡Naiden!

Ni uno de aquellos forasteros que de tiempo en tiempo solían cruzar por allí perdidos, y a los cuales, cumpliendo con un deber que se habían impuesto de generación en generación los habitantes del bohío, les endilgaba, salmodiando pintorescamente, el consejo salvador de los «estógamos»:

—Ahí alantrico, al cantío de un gallo, se topará con el río que da a los estantinos maleza, sarteos y perpitaciones; no beba de su agua, señor.

—¡Naiden, Virgen de la Caridad del Cobre!

Ni un forastero. Sufrió, aumentando su dolor, el remordimiento.

—¡La huesa! ¡Fue por la huesa y yo que no lo vide, no lo vide!

Y repitió una vez más, acompañada por el aullido de Trabuco, el perro guardián:

—¡Y yo que no lo vide!

De súbito pensó que el hijo se le desangraba y corrió al establo. Bajo las miradas impasibles, nulas, de las reses, recogió un montón de estiércol, y ya ante el hijo, restriñéndole la sangre con el emplasto guajiro, indagó llorosa, humildemente:

—¿Mi jijo, fue por la huesa, no?

La criatura, de grandes ojos inteligentes, tristes, calló como si comprendiese.

Y a los cinco días, cuando llegó el padre, la piernecita del niño, como el queso casero cuando se pone malo, tenía gusanos.

El Sol, en el cenit, calcinaba las altas planicies de Oriente; el río de aguas que no se debían beber, rebrillando a trechos, se diluía en la montaña que la claridad superlativa tornaba de plata; las cabras salvajes, resucitadas, sobre un agudo picacho, se destacaban limpiamente en el blanco-azul del cielo inconcebible; los bueyes de miradas parsimoniosas, impasibles, nulas, se sacudían los flancos con las colas; Trabuco, el perro vigilador, daba mordidas al aire pretendiendo atrapar las moscas insistentes, mientras el guajiro patriota, bajo las palmas de crestas inmóviles, afilaba el viejo machete de trabajo y combate.

—¡Hay que mocharla!

Acabó la faena y, fingiendo una resolución que negaba y engrandecía la palidez de su semblante, se acercó al chiquillo:

—Mira, mi jijo, con el desmoche, el palo retoña más fornío.

Y añadió con un temblor de labios, pasando la yema del dedo por el filo del calabozo:

—Tu taita va a mocharte la patica ahora que eres vejigo para que te retoñe sin maleza, ¿sabes?

El muchacho de grandes ojos inteligentes, tristes, asintió con la cabeza como si comprendiese, en tanto la madre, por los rincones del bohío, hacía acopio de telarañas.

La herencia

Como surgido de la cornetada que rompió el silencio reglamentario, el mar de voces saltó, quebrándose, por entre las rejas múltiples. En su inusitada fuerza se precisaba el obstáculo acabado de vencer. Cayó en cascada por los claustros desiertos; empujándose, se extendió por los patios, llegó a los muros, los escaló lamiéndolos y, venciendo las cornisas y azoteas, se vació por las aspilleras en los fosos. De ellos, alentado por los vientos propicios, salió, pero ya agónico, jadeante, incapaz de llegar a las casas limítrofes, de sobrepasar las garitas donde argos mínimos —a soldada— no dejaban fugar ni un postrer adiós, ni una última mirada.

Una ola fue devuelta por el eco y chocó con el nuevo mar, con el mismo, continuado, escapado de dos mil arroyos pródigos. Otra llegó al hierro del máuser de un centinela novato y pasó a su corazón precipitándoselo en un terror cándido.

Y así, ora en crescendo, ora amortiguándose, vivió dos horas reglamentarias aquel oleaje insólito en la historia del penal habanero, el Castillo del Príncipe.

Tras la próxima cornetada para el sueño, aún quedó un murmullo indisciplinado, un ronco mugir de resaca: que bien pueden dos mil bocas amordazadas hacer un grito que se oiga. Pero cada galera dio un hombre al castigo y una vez más el silencio y la noche se acostaron juntos.

A la mañana siguiente el mismo asunto palpitaba en todas las conversaciones. Lo que ocurría era extraordinario, inconcebible. Ferreiro, Juan Ferreiro, el gallego Ferreiro, se había convertido de la noche a la mañana en un gran personaje. El hombre de múltiples reincidencias, el perennemente castigado a los peores trabajos, había dejado, de la noche a la mañana, las terribles parihuelas, la ropa sucia, el sombrero de guano, los zapatos de vaqueta. Había sido trasladado de la galera de incorregibles a una celdita clara, unipersonal, llena de Sol, casi tocada la libertad.

Era extraordinario, inconcebible. Los corrillos aumentaban. Nadie sabía nada. Todos tenían noticias del cambio sorprendente, pero nadie sabía el porqué de aquello; ni sus íntimos.

—¿Dices tú que ni Muiños ni Chichiriche saben nada?

—No, nadie, ni ellos mismos. Pero, ¿quién se le acerca? No dejan, lo tienen como secuestrado; es como si lo fueran a matar; le dan de todo, le hacen reverencias. Pero el «mayor» no deja que nadie se le acerque, y él encantado.

—¡Mírenlo!

La aparición de Juan Ferreiro fue una esponja empapada de silencio que borró, de un extremo a otro del patio, en escala descendente, todas las voces. Se adelantó. Sus piernas no avanzaban en línea recta sino haciendo leves y como avaros semicírculos que le imprimían al cuerpo un ligero balanceo.

El hombre torpe, pesado, cruzó casi desconocido, casi otro. Los que lo habían visto el día anterior, hijo de la gleba, cubierto de sudor, no lo «recordaban» ahora. Le habían echado mucho almidón al uniforme nuevo; el cabello, rebelde por mil soles, mucha grasa. Los zapatos flamantes, finos, antirreglamentarios, no podían disimular el haz de nudos que formaban aquellos pies torturados por la vaqueta carcelaria, y en aquel momento apenas sabían llenar su cometido. Llevaba los brazos rígidos, las manos separadas del cuerpo, abiertas en demasía; aun, en lo lejano, terrosas; la cabeza muy echada hacia atrás como en desquite de tanta sumisión pasada; la boca vasta llena de sonrisa, la nariz chata oteadora, los ojillos verdes saltando de rostro a rostro como si constatasen y aun compartiesen la admiración general.

Se pensaba en Lon Chaney creando un personaje extraordinariamente estúpido.

A sus espaldas, como mancha que vuelve a salir en un cristal, se iniciaba el murmullo que se elevaba más y más en relación directa a la distancia que el paso torpe establecía. En un rincón del patio, como si en él hubiera un sumidero por donde se escapase tanto rezago de palabras, éstas se multiplicaban, se hacían más espesas y, confusas, hervían. Allí, «presidiendo» se hallaban Chichiriche y Muiños, el negro y el gallego, los dos íntimos del «héroe». Ambos estaban sentados en cuclillas, ambos mudos, como escépticos.

Hacia ese rincón convergían todas las atenciones con el mismo entusiasmo que emplearían al encontrarse frente a una pizarra de sport de un periódico, gozando la descripción de un juego de pelota. Allí llegaban y de allí salían los partes de avance. Llegaban flácidos, casi monosilábicos, para esparcirse después como cables inflados, con detalles interesantes que le prestaban una interesante vida de minutos.

—Vamos, Muiños y Chichiriche, conversen. ¿Qué saben? Muiños alzó los hombros con un ademán de impotencia; Chichiriche movió la cabeza, sentencioso:

—Nada, niños, el gallego tiene su brujo.

Se rieron. En todos estaba que la gran noticia se iba a saber de un instante a otro, que súbitamente iba a saltar entre ellos; lo deseaban con ardor, y a la vez, escépticos, lo temían pensando en los pobres que quedarían después, cuando todo pasase, cuando tuvieran que guardarlo, ¡como tanta otra cosa!, en el recuerdo. No obstante, se aferraban a los avances y por instantes se hacían avaros de ellos, los retenían para elaborarlos mejor, para transmitirlos más jugosos; y, según los caracteres, unos surgían vestidos de seda con pompas inverosímiles; otros querían ser de hierro..., y todos saltaban, corrían, hasta tornar a sus fuentes desfigurados, nuevos, otros.

Era muy cierto que el Jefe había llamado a Ferreiro, pero, ¿lo fue que lloró con él, que lo abrazó, que lo llamó «hijo mío querido»? No cabía duda —todos lo habían visto— que dos presos estaban designados para enseñarlo a firmar; pero, ¿no era una imbecilidad, una torpeza decir que lo querían mandar al instituto o a la universidad? ¿Acaso aquellos planteles cerrados, tan cerrados, se iban a abrir para el gallego Ferreiro, el analfabeto, el retenido en la prisión —aún después de cumplir su condena— para ser expulsado por indeseable?

Nada, estaban locos. Pero, luego, todo era tan raro, tan extraño. En la galera de los presos políticos el sentimiento que predominaba era la extrañeza. Muy nuevos aún en la prisión, pensaban en ella como en algo extraordinario, insólito, y todo lo que sucedía parecía constatarlo.

—¿No decías tú, Solís, que esto no era más que rutina? —indagaba un estudiante flaco, de grandes melenas, con el vientre timpánico al descubierto.

—En realidad no es otra cosa. No es más que un pedazo de ciudad de La Habana, cercado. Todo lo mismo. Acaso un poco más reducido, más sintético —por eso las gentes se conocen mejor, más de prisa—; pero lo mismo, igual, exactamente igual. Piensa en un país bajo una tiranía; pues es una prisión. Censura para la correspondencia, para la palabra. Se tiene un poco de temor; el pensamiento se hace más subterráneo, más profundo... Y todo se vuelve un poco falso, como apretado.

—Bien, pero, ¿y esto que ocurre? Muchachos, ¿quién ha visto que esto suceda en la calle? ¿Habéis visto al hombre? ¡Dicen que lo llevan a la universidad!

Todos rieron, la risa se escapó de la galera exclusiva, saltó al patio donde los presos comunes la continuaron.

El llamado Solís se defendió:

—¿Acaso somos solo nosotros los asombrados? ¿Y ellos?

El jovencito de vientre timpánico adelantó el brazo como en polémica:

—Esa gente es distinta. ¿Qué caso hicieron de nuestra llegada? ¿No saben que luchamos por la justicia social? ¿No pueden ellos esperar un cambio beneficioso? ¿Ahora por qué se emocionan?

Una voz trágica no lo dejó continuar:

—¿Y en la calle? ¿Qué hacía el pueblo? ¿Pudimos acaso nosotros realizar lo que las pizarras del *Diario* o *El Mundo*? ¿No pudo más un juego de pelota yanki que todas nuestras ideas de justicia? ¿Que todos nuestros sacrificios? Puede la lluvia deshacer un mitin de la oposición; pero está impotente contra el buen éxito de una pizarra de sport; por cada hombre que ganemos, ellos obtendrán una legión. Hay mucha cobardía en nuestro pueblo.

Solís sonreía moviendo negativamente su cabeza de hombre sereno:

—No sois razonables. Hay que abrir más los ojos y frenar un poco la pasión. En ningún entusiasmo puede haber cobardía. El pueblo necesita metas sencillas, claras, precisas. Dejad que se entusiasme, estimuladle el entusiasmo. Ya que aspiráis a ser directores de las masas, comprended que el pueblo que posee tal capacidad puede hacer grandes cosas.

La galera de los políticos estaba en un patio interior. De pronto entró en él un hombre corriendo, llegó al fondo del patio, no encontró salida y volvió hacia atrás, aturdido, siempre corriendo:

—¿No lo saben? Ya, yaaa...

Era como si anunciase los primeros números de una «última hora» sensacional. Varios silbaron llamándolo. Se detuvo, miró hacia todos lados, pero volvió a correr sin explicar nada.

—Ya, yaa...

Del patio central llegó un rumor confuso. Todos sabían. ¡Cien mil pesos! ¡Doscientos mil! A medida que avanzaba la noticia crecía la suma. Antes de agotarse el primer aliento, Juan Ferreiro, el mísero, era millonario. Cierto, cierto que no todo era en efectivo. Muchas fincas, casas... Pero en dinero, cien mil, doscientos mil, acaso un millón, y lo demás en tierras cruzadas por la carretera central, enriquecidas por ella.

Juan Ferreiro, el gallego Juan Ferreiro, había heredado una fortuna.

Ya era otro; había cambiado, pero aún conservaba mucha de la natural humildad; por ella no quería aceptar el dinero que el Jefe «a cuenta» le ofrecía, optando por mandar recaditos a sus compañeros más acomodados, ya que todavía no había entrado en posesión de sus bienes.

Se paseaba orondo por los patios, fumando grandes tabacos. Podía entrar y salir de todas partes. El Jefe fue justo, muy comprensivo: Juan (lo llamaba ya por su nombre de pila) era un buen muchacho. Si algo malo hizo fue por las compañías. ¿Ladrón? ¿Ladrón él? ¡No! Pero, ¡ah! La policía era así; se ensañaba con el que por accidente había tenido un desliz. Él mismo, el Jefe, fue en ocasiones abusador, excesivo; pero la culpa era de los chismosos, de los chivatones, que siempre lo informan mal. ¡Él haría un escarmiento! Y nada de expulsión. Removería cielo y tierra para que todo se arreglase: «Juan, no firmes nada a nadie. ¿No estás empeñado en que yo te administre tus bienes? Será un trabajo de mucha responsabilidad para mí, pero para que nada te ocurra sabré sacrificarme. ¡Sobre todo, ten mucho ojo con los abogados!».

Después de estas conversaciones, el rostro de Juan Ferreiro demostraba una intensa inquietud. Cuando tenía que hablar de las tierras, del notario, se ponía nervioso, como si temiese que le fueran a robar. Se conocían historias por el estilo. Allí estaban los parientes iracundos; la manceba del tío (la misma que vino a informarle que lo había heredado todo, ¡una mala pécora!), que lo había cuidado por espacio de veinte años, por lo que se creía dueña de todo. Lo podían envenenar aprovechándose de que era un preso indefenso. Y Juan Ferreiro perdía su facha de millonario ridículo, el tabaco le quedaba colgado de la boca y las piernas se le arqueaban aún más, como si fuera a caer de rodillas. Sí, en ocasiones el rostro del heredero se cubría de un temor angustioso, quedándose ensimismado, con los ojillos verdes inmóviles, como mirando hacia adentro. Mientras, la mano callosa le acababa de desfigurar la nariz o le desarrugaba la frente estrecha. Y así andaba por el patio inspirando respeto y saludos a los que no siempre respondía.

En las galeras el ruido de las exclamaciones ya no era tan alto. Muchos pensaban. Todos los que habían dado un cigarro a Juan Ferreiro comenzaban a llamarle ingrato:

—No hacía más que «picar». Tú verás que ahora no conoce a nadie. Ya comenzó a decir que ha heredado muy poco, casi nada. ¡Nada! Parece que está aconsejado por el mismo Jefe, que quiere hacerse rico a su costa. Por mí que se lo meta...

Juan Ferreiro fue a buscar, en un rincón donde acostumbraba sentarse con sus amigos, a Muiños y a Chichiriche. Estaba sombrío, muy inquieto, y no paró mientes en la extrañeza que causaba su actitud. Muiños, algo viejo, con resabios, gruñó:

—Caramba, creía que te habías olvidado de tus socios. ¿Por qué estás triste? ¿O es que esa es cara de rico?

Chichiriche no dijo nada. Miró al recién llegado con sus ojos vinosos y se encogió un poco más.

—Tengo miedo —dijo Ferreiro.

—¿Miedo a qué?

—A nada; miedo, mucho miedo.

Chichiriche, asintiendo, se quedó mirándolo; luego, dijo sentencioso:

—Es butin momico. Cheque endeque longorosimo. Cabeza no puede pasar oreja...

—Tienes razón, mucho dinero —y como ausente—; por lo menos 100 pesos.

—¿Cien?

Ferreiro se sacudió violentamente la cabeza y, reaccionando:

—Sí, sí; cien..., mil, doscientos mil, lo que quieran, pero tengo miedo. ¿Qué pasará? Ya es mucho dinero. Y la celda 18...

Se iba angustiando. Ya estaba completamente unido a sus compañeros que, ahora, viéndose solicitados, se sentían locuaces, animadores, eufóricos.

—Que no diga; que no se diga, Gallego.

En el rostro de Juan Ferreiro no había vida; era como si el alma lo hubiera abandonado; como si presintiese su cuerpo convertido en un pedazo de tela, lavado, colgado, secándose, meciéndose. El Sol pone la ropa blanca; él estaba blanco, muy blanco. El viento la mueve; él estaba tembloroso a pesar de los codos encajados en la cintura, a pesar de todo. Así, mañana, sin viento, podría balancearse. Tenía miedo, un miedo horrible a secarse, a mecerse como un traje lavado, aún más lento, más lento, en semicírculos lentísimos.

Ya era tarde; el primer tono de sombra, muy límpido aún, muy de luz, planeó sobre las cosas, velándolas. También veló a Juan Ferreiro. A Chichiriche se le destacaron un poco más los ojos y los dientes. Muiños no tenía color, no contaba. Estaba un poco viejo, ya con sus resabios; aún no sabía cuánto le daría a su amigo; regresaría a España, a la aldea; estaba viejo y con resabios.

Otras sombras planearon y las cosas recibieron una mano más de oscuridad. El crepúsculo apenas marcaba un tránsito. Pronto la corneta ordenaría la retirada, como si ordenase la noche. Ferreiro, que había ocultado el rostro entre las rodillas, volvió a decir, con la voz un poco rota:

—Tengo miedo.

Los presos desfilaban hacia sus galeras. Juan Ferreiro iría hacia su celdita clara, casi tocada de libertad, ¡horriblemente solo!

Tuvieron que separarse.

—Abur.

—Hasta mañana. Oye, acuérdate de mí, paisano.

Pero cuando los cepos comenzaron a coser rejas a la oscuridad, Juan, Juan Ferreiro, el millonario, mancha blanca en lo negro, echó a correr por los patios, gritando toda la verdad, colgándose de todos los barrotes, tropezando con todas las columnas hasta que, jadeante, cayó de rodillas, las manos en el suelo, el rostro lleno de muecas...

Era Lon Chaney logrando su máxima creación.

Súbitamente, la cornetada que rompía el silencio reglamentario se precisó nítida en la noche, y como si hubiera abierto mil esclusas, el mar de voces se encrespó, rugió y, arrollándolo todo, saltó al patio, y ante los arcos imponentes, mínimos —a soldada—, salió de ellos para rodar por las faldas del castillo hasta las casas limítrofes, hasta el corazón de los vecinos.

Y mientras en el lomo de las olas colgaba —tritón burlesco— la gran noticia de que Juan Ferreiro había consumado un nuevo timo, el Jefe estudiaba la posibilidad de convertir su ira en una soga de tendedera.

Libros a la carta

A la carta es un servicio especializado para
empresas,
librerías,
bibliotecas,
editoriales
y centros de enseñanza;
y permite confeccionar libros que, por su formato y con-
cepción, sirven a los propósitos más específicos de estas ins-
tituciones.

Las empresas nos encargan ediciones personalizadas para
marketing editorial o para regalos institucionales. Y los in-
teresados solicitan, a título personal, ediciones antiguas, o
no disponibles en el mercado; y las acompañan con notas y
comentarios críticos.

Las ediciones tienen como apoyo un libro de estilo con
todo tipo de referencias sobre los criterios de tratamiento
tipográfico aplicados a nuestros libros que puede ser consul-
tado en Linkgua-ediciones.com .

Linkgua edita por encargo diferentes versiones de una
misma obra con distintos tratamientos ortotipográficos (ac-
tualizaciones de carácter divulgativo de un clásico, o versiones estrictamente fieles a la edición original de referencia).

Este servicio de ediciones a la carta le permitirá, si usted
se dedica a la enseñanza, tener una forma de hacer pública
su interpretación de un texto y, sobre una versión digitaliza-
da «base», usted podrá introducir interpretaciones del texto
fuente. Es un tópico que los profesores denuncien en clase
los desmanes de una edición, o vayan comentando errores

de interpretación de un texto y esta es una solución útil a esa necesidad del mundo académico.

Asimismo publicamos de manera sistemática, en un mismo catálogo, tesis doctorales y actas de congresos académicos, que son distribuidas a través de nuestra Web.

El servicio de «libros a la carta» funciona de dos formas.

1. Tenemos un fondo de libros digitalizados que usted puede personalizar en tiradas de al menos cinco ejemplares. Estas personalizaciones pueden ser de todo tipo: añadir notas de clase para uso de un grupo de estudiantes, introducir logos corporativos para uso con fines de marketing empresarial, etc. etc.

2. Buscamos libros descatalogados de otras editoriales y los reeditamos en tiradas cortas a petición de un cliente.